沉默的大多数

王小波 著

北 京 出 版 集 团
北京十月文艺出版社

新经典文化股份有限公司
www.readinglife.com
出　品

目录

花剌子模信使问题

据野史记载，中亚古国花剌子模有一古怪的风俗，凡是给君王带来好消息的信使，就会得到提升，给君王带来坏消息的人则会被送去喂老虎。于是将帅出征在外，凡麾下将士有功，就派他们给君王送好消息，以使他们得到提升；有罪，则派去送坏消息，顺便给国王的老虎送去食物。花剌子模是否真有这种风俗并不重要，重要的是这个故事所具有的说明意义，对它可以举一反三。敏锐的读者马上就能发现，花剌子模的君王有一种近似天真的品性，以为奖励带来好消息的人，就能鼓励好消息的到来，处死带来坏消息的人，就能根绝坏消息。另外，假设我们生活在花剌子模，是一名敬业的信使，倘若有一天到了老虎笼子里，就可以反省到自己的不幸是因为传输了坏消息。最后，你会想到，我讲出这样一个古怪故事，必定别有用心。对于这最后一点，必须首先承认。

从某种意义上说，学者的形象和花剌子模信使有相像处，但这不是说他有被吃掉的危险。首先，他针对研究对象，得出有关的结论，这时还不像信使；然后，把所得的结论报告给公众，包括当权者，这时他就像个信使；最后，他从别人的反应中体会到自己的结论是否受欢迎，这时候他就像个花剌子模的信使。中国的近现代学者里，做"好消息信使"的人很多，尤其是人文学者。比方说，现在大家发现了中华文化是最好的文化，世界的前途倚赖东方文明。不过也有"坏消息信使"，此人叫作马寅初。五十年代初，马寅初提出了新人口论。当时以为，只要把马老臭批一顿，就可以根绝中国的人口问题，后来才发现，问题不是这么简单。

假如学者能知道自己报告的是好消息还是坏消息，这问题也就简单了。这方面有一个例子是我亲身所历。我和李银河从一九八九年开始一项社会学研究，首次发现了中国存在着广泛的同性恋人群，并且有同性恋文化。当时以为这个发现很有意义，就把它报道出来，结果不但自己倒了霉，还带累得一家社会学专业刊物受到本市有关部门的警告。这还不算，还惊动了该刊一位顾问（八十多岁的老先生），连夜表示要不当顾问。此时我们才体会到这个发现是不受欢迎的，读者可以体会到我们此时是多么的惭愧和内疚。假设禁止我们出书，封闭有关社会学杂志，就可以使中国不再出现同性恋问题，这些措施就有道理。但同性恋倾向是遗传的，封刊物解决不了问题，所以这些措施一点道理都没有。

值得庆幸的是，北京动物园的老虎当时不缺肉吃。由此得出花剌子模信使问题第一个结论是：对于学者来说，研究的结论会不会累及自身，是个带有根本性的问题。这主要取决于在学者周围有没有花剌子模君王类的人。

假设可以对花剌子模君王讲道理，就可以说，首先有了不幸的事实，然后才有不幸的信息，信使是信息的中介，尤其的无辜。假如要反对不幸，应该直接反对不幸的事实，此后才能减少不幸的信息。但是这个道理有一定的复杂性，不是君王所能理解。再说，假如能和他讲理，他就不是君王。君王总是对的，臣民总是不对。君王的品性不可更改，臣民就得适应这种现实。假如花剌子模的信使里有些狡猾之徒，递送坏消息时就会隐瞒不报，甚至滥加篡改。鲁迅先生有篇杂文，谈到聪明人和傻子的不同遭遇，讨论的就是此类现象。据我所知，学者没有狡猾到这种程度，他们只是仔细提防着自己，不要得出不受欢迎的结论来。由于日夜提防，就进入了一种迷迷糊糊的心态，乃是深度压抑所致。与此同时，人人都渴望得到受欢迎的结论，因此连做人都不够自然。现在人们所说的人文科学的危机，我以为主要起因于此。还有一个原因在经济方面——挣钱太少。假定可以痛快淋漓地做学问，再挣很多的钱，那就什么危机都没有了。

我个人认为，获得受欢迎的信息有三种方法：其一，从真实中索取、筛选；其二，对现有的信息加以改造；其三，凭空捏造。

第一种最困难。第三种最为便利，在这方面，学者有巨大的不利之处，那就是凭空捏造不如奸佞之徒。假定有君王专心要听好消息，与其养学者，不如养一帮无耻小人。在中国历史上，儒士的死敌就是宦官。假如学者下海去改造、捏造信息，对于学术来说，是一种自杀之道。因此学者往往在求真实和受欢迎之中，苦苦求索一条两全之路，文史学者尤其如此。我上大学时，老师教诲我们说，搞现代史要牢记两个原则，一是治史的原则，二是党性的原则。这就是说，让历史事实按党性的原则来发生。凭良心说，这节课我没听懂。在文史方面，我搞不清的东西还很多。不过我也能体会到学者的苦心。

在中国历史上，每一位学者都力求证明自己的学说有巨大经济效益、社会效益。孟子当年鼓吹自己的学说，提出了"仁者无敌"之说，有了军事效益，和林彪的"精神原子弹"之说有异曲同工之妙。学术必须有效益，这就构成了另一种花剌子模。学术可以有实在的效益，不过来得极慢，起码没有嘴头上编出来的效益快；何况对于君主来说，"效益"就是一些消息而已。最好的效益就是马上能听见的好消息。因为这个原因，学者们承受着一种压力，要和骗子竞赛语惊四座，看着别人的脸色做学问，你要什么我做什么。必须说明的是，学者并没有完全变狡猾，这一点我还有把握。

假如把世界上所有的学者对本学科用途的说明做一比较，就可发现大致可以分为两种，一种说，科学可以解决问题，但就如中药铺里的药材可以给人治病一样，首先要知识完备，然后才能按方抓药，治人的病。照这种观点，我们现在所治之学，只是完备药店的药材，对它能治什么病不做保证。另一种说道，本人所治之学对于现在人类所遇到的问题马上就有答案，这就如卖大力丸的，这种丸药百病通治，吃下去有病治病，无病强身。中国的学者素来有卖大力丸的传统，喜欢作妙语以动天听。这就造成了一种气氛，除了大力丸式的学问，旁的都不是学问。在这种压力之下，我们有时也想作几句惊人之语，但又痛感缺少想象力。

我记得冯友兰先生曾提出要修改自己的《中国哲学史》，以便迎合时尚和领袖，这是变狡猾的例子——罗素先生曾写了一本《西方哲学史》，从未提出为别人做修改，所以冯先生比罗素狡猾——但是再滑也滑不过佞人。从学问的角度来看，冯先生已做了最大的牺牲，但上面也没看在眼里。佞人不做学问，你要什么我编什么，比之学人利索了很多——不说是天壤之别，起码也有五十步与百步之分。二三十年前，一场红海洋把文史哲经通通淹没。要和林彪比滑头，大伙都比不过，人文学科的危机实质上在那时就已发生了。

罗素先生修《西方哲学史》，指出很多伟大的学者都有狡猾的一面（比如说，莱布尼兹），我仔细回味了一下，也发现了一些事例，比如牛顿提出了三大定理之后，为什么要说上帝是万物运动的第一推动力？显然也是朝上帝买个好。万一他真的存在，死后见了面也好说话。按这种标准我国的圣贤滑头的事例更多，处处在拍君王的马屁，仔细搜集可写本《中国狡猾史》。中国古代的统治者都带点花剌子模君王气质。我国的文化传统里有"文死谏"之说，这就是说，中国常常就是花剌子模，这种传统就是号召大家做敬业的信使，拿着屁股和脑壳往君王的板子刀子上撞。很显然，只要不是悲观厌世，谁也不喜欢牺牲自己的脑袋和屁股。所以这种号召也是出于滑头分子之口，变着法说君王有理，这样号召只会起反作用。对于我国的传统文化、现代文化，只从诚实的一面理解是不够的，还要从狡猾的一面来理解。扯到这里，就该得出第二个结论：花剌子模的信使早晚要变得滑头起来，这是因为人对自己的处境有适应能力。以我和李银河为例，现在就再不研究同性恋问题了。

实际上，不但是学者，所有的文化人都是信使，因为他们产出信息，而且都不承认这些信息是自己随口编造的，以此和佞人有所区别。大家都说这些信息另有所本，有人说是学术，有人说是艺术，还有人说自己传播的是新闻。总之，面对公众和领导时，大家都是信使，而且都要耍点滑头：拣好听的说或许不至于，起码都在提防着自己不要讲出难听的来——假如混得不好，就该检讨一下自己的嘴是不是不够甜。有关信使，我们就讲这么多。至于君主，我以为可以分为两种，一种是粗暴型的君主，听到不顺耳的消息就拿信使喂老虎；另一种是温柔型，到处做信使们的思想工作，使之自觉自愿地只报来受欢迎的消息。这样他所管理的文化园地里，就全是使人喜闻乐见的东西了。这后一种君主至今是我们怀念的对象。凭良心说，我觉得这种怀念有点肉麻，不过我也承认，忍受思想工作，即便是耐心细致的思想工作，也比喂老虎好过得多。

在得出第三个结论之前，还有一点要补充的——有句老话叫作"久居鲍鱼之肆不闻其臭"，这就是说，人不知自己是不是身在花剌子模，因此搞不清自己是不是有点滑头，更搞不清自己以为是学术、艺术的那些东西到底是真是假。不过，我知道假如一个人发现自己进了老虎笼子，那么就可以断言，他是个真正的信使。这就是第三个结论。余生也晚，赶不上用这句话去安慰马寅初先生，也赶不上去安慰火刑架上的布鲁诺，不过这话留着总有它的用处。

现在我要得出最后一个结论，那就是说，假设有真的学术和艺术存在的话，在人变得滑头时它会离人世远去，等到过了那一阵子，人们又可以把它召唤回来——此种事件叫作"文艺复兴"。我们现在就有召唤的冲动，但我很想打听一下召唤什么。如果是召唤古希腊，我就赞成，如果是召唤花剌子模，我就反对。我相信马寅初这样的人喜欢古希腊，假如他是个希腊公民，就会在城邦里走动，到处告诉大家：现在人口太多，希望朋友们节制一下。要是滑头分子，就喜欢花剌子模，在那里他营造出了好消息，更容易找到买主。恕我说得难听，现在的人文知识分子在诚恳方面没几个能和马老相比。所以他们召唤的东西是什么，我连打听都不敢打听。

* 载于 1995 年第 3 期《读书》杂志。

积极的结论

一

我小的时候，有一段很特别的时期。有一天，我父亲对我姥姥说，一亩地里能打三十万斤粮食，而我的姥姥，一位农村来的老实老太太，跳着小脚叫了起来："杀了俺俺也不信！"她还算了一本细帐，说一亩地上堆三十万斤粮，大概平地有两尺厚的一层。当时我们家里的人都攻击我姥姥觉悟太低，不明事理。我当时只有六岁，但也得出了自己的结论：我姥姥是错误的。事隔三十年，回头一想，发现我姥姥还是明白事理的。亩产三十万斤粮食会造成特殊的困难：那么多的粮食谁也吃不了，只好堆在那里，以致地面以每十年七至八米的速度上升，这样的速度在地理上实在是骇人听闻；十几年后，平地上就会出现一些山峦，这样水田就会变成旱田，旱田则会变成坡地，更不要说长此以往，华北平原要变成喜马拉雅山了。

　　我十几岁时又有过一段很特别的时期。我住的地方（我家在一所大学里）有些大学生为了要保卫党中央、捍卫毛主席而奋起，先是互相挥舞拳头，后用长矛交战，然后就越打越厉害。我对此事的看法不一定是正确的，但我认为，北京城原来是个很安全的地方，经这些学生的努力之后，在它的西北郊出现了一大片枪炮轰鸣的交战地带，北京地区变得带有危险性，故而这种做法能不能叫作保卫，实在值得怀疑。有一件事我始终想知道：身为二十世纪后半期的人，身披铠甲上阵与人交战，白刀子进红刀子出，自我感觉如何？当然，我不认为在这辈子里还能有机会轮到我来亲身体验了，但是这些事总在我心中徘徊不去。等到我长大成人，到海外留学，还给外国同学讲起过这些事，他们或则直愣愣地看着我，或则用目光寻找台历——我知道，他们想看看那一天是不是愚人节。当然，见到这种反应，我就没兴趣给他们讲这些事了。

　　说到愚人节，使我想起报纸上登过的一条新闻：国外科学家用牛的基因和西红柿做了一个杂种，该杂种并不到处跑着吞吃马粪和腐殖质，而是老老实实长在地上，结出硕大的果实。用这种牛西红柿做的番茄酱带有牛奶的味道，果皮还可以做鞋子。这当然是从国外刊物的愚人节专号上摘译的。像这样离奇的故事我也知道不少，比方说，用某种超声波哨子可以使冷水变热，用砖头砌的炉灶填上煤末子就可以炼出钢铁;但是这些故事不是愚人节的狂想,而是我亲眼所见。有一些时期,每一天都是愚人节。我在这样的气氛里长大。有一天,上级号召大家去插队,到广阔天地里,"滚一身泥巴,炼一颗红心",我就去了,直到现在也没有认真考较一下,自己的心脏是否因此更红了一些。这当然也是个很特别的时期。消极地回顾自己的经历是不对的,悲观、颓废、怀疑都是不对的。但我做的事不是这样,我正在从这些事件中寻找积极的结论,这就完全不一样了。

二

我插队不久就遇到了这样一件事:有一天,军代表把我们召集起来,声色俱厉地呵斥道:你们这些人,口口声声要保卫毛主席,现在却是毛主席保卫了你们,还保卫了红色江山,等等。然后就向我们传达说,出了林彪事件,要我们注意盘查行人(我们在边境上)。散了会后,我有好一段时间心中不快——像每个同龄人一样,誓死保卫毛主席的口号我是喊过的。当然,军代表比我们年长,又是军人,理当在这件事上有更多的责任,这是问题的一个方面;另一方面,知青娃子实在难管,出了事先要诈唬我们一顿,这也是军代表政治经验老到之处。但是这些事已经不能安慰我了,因为我一向以为自己是个老实人，原来是这样的不堪信任——我是一个说了不算的反复小人！说了要保卫毛主席，结果却没有保卫。我对自己要求很严，起码在年轻时是这样的。经过痛苦的反思，我认为自己在这件事上是无能为力的，假如不是当初说了不负责任的话，现在就可以说是清白无辜了。我说过自己正在寻找积极的结论，现在就找到了一个。假设我们说话要守信义，办事情要有始有终，健全的理性实在是必不可少。

有关理性，哲学家有很多讨论，但根据我的切身体会，它的关键是：凡不可信的东西就不信，像我姥姥当年对待亩产三十万斤粮的态度，就叫作有理性。但这一点有时候不容易做到，因为会导致悲观和消极，从理性和乐观两样东西里选择理性颇不容易。理性就像贞操，失去了就不会再有；只要碰上了开心的事，乐观还会回来的。不过这一点很少有人注意到。从逻辑上说，从一个错误的前提什么都能推出来；从实际上看，一个扯谎的人什么都能编出来。所以假如你失去了理性，就会遇到大量令人诧异的新鲜事物，从此迷失在万花筒里，直到碰上了钉子。假如不是遇到了林彪事件，我至今还以为自己真能保卫毛主席哩。

我保持着乐观、积极的态度，起码在插队时是这样的。直到有一天患上了重病，加上食不果腹，病得要死。因此我就向领导要求回城养病。领导上不批准，还说我的情绪有问题。这使我猛省到，当时的情绪很是悲伤。不过我以为人生了病就该这样。旧版《水浒传》上，李逵从梁山上下去接母亲，路遇不测，老母被老虎吃了。他回到山寨，对宋江讲述了这个悲惨的故事之后，书上写着："宋江大笑"。你可以认为宋江保持了积极和乐观的态度，不过金圣叹有不同的意见，他把那句改成了"李逵大哭"。我同意金圣叹的意见，因为人遇到了不幸的事件就应该悲伤，哪有一天到晚呵呵傻笑的。当时的情形是这样的：虽然形势一片大好（这一点现在颇有疑问），但我病得要死，所以我觉得自己有理由悲伤。这个故事这样讲，显得有点突兀，应当补充些缘由：伴随着悲伤的情绪，我提出要回城去养病；领导上不批准，还让我高兴一点，"多想想大好形势"。现在想起来情况是这样："四人帮"倒行逆施，国民经济行将崩溃，我个人又病到奄奄一息，简直该悲伤死才好。不过我认为，当年那种程度的悲伤就够了。

我认为，一个人快乐或悲伤，只要不是装出来的，就必有其道理。你可以去分享他的快乐，同情他的悲伤，却不可以命令他怎样怎样，因为这是违背人类的天性的。众所周知，人可以令驴和马交配，这是违背这两种动物的天性的，结果生出骡子来，但骡子没有生殖力，这说明违背天性的事不能长久。我个人的一个秘密是在需要极大快乐和悲伤的公众场合，却达不到这种快乐和悲伤应有的水平，因而内心惊恐万状，汗下如雨。一九六八年国庆时，我和一批同学拥到了金水桥畔，别人欢呼雀跃，流下了幸福的眼泪，我却恨不能找个地缝钻下去。还有一点需要补充的，那就是作为一个男性，我很不容易晕厥，这更加重了我的不幸。我不知道这些话有没有积极意义，但我知道，按当年的标准，我在内心里也是好的、积极向上的，或者说是"忠"的，否则也不会有勇气把这些事坦白出来。我至今坚信，毛主席他老人家知道了我，一个十七岁的中学生的种种心事，必定会拍拍我的脑袋说：好啦，你能做到什么样就做到什么样罢，不要勉强了。但是这样的事没有发生（恐怕主要的原因是我怕别人知道这些卑鄙的心事，把它们隐藏得很深，故而没人知道），所以我一直活得很紧张。西洋人说，人人衣柜里有一具骷髅，我的骷髅就是我自己；我从不敢想象自己当了演员，走上舞台，除非在做噩梦时。这当然不是影射什么，我只是在说自己。

有关感情问题，我的结论如下，在这方面我们有一点适应能力。但是不可夸大这种能力，自以为想笑就能笑、想哭就能哭。假如你扣我些工资，我可以不抱怨；无缘无故打我个右派，我肯定要怀恨在心。别人在这方面比我强，我很佩服，但我不能自吹说达到了他的程度。我们不能欺骗上级，误导他们。这是老百姓应尽的义务。

三

麦克阿瑟将军写过一篇祈祷文，代他的儿子向上帝讨一些品行。各种品行要了一个遍，又要求给他儿子以幽默感。假设别的东西不能保持人的乐观情绪，幽默感总能。据我所见，我们这里年轻人没有幽默感，中老年人倒有。在各种讨论会上，时常有些头顶秃光光的人，面露蒙娜丽莎式的微笑，轻飘飘地抛出几句，让大家忍俊不禁。假如我理解正确的话，这种幽默感是老奸巨猾的一种，本身带有消极的成分。不要问我这些人是谁，我不是告密者；反正不是我，我头顶不秃。我现在年登不惑，总算有了近于正常的理性；因为无病无灾，又有了幽默感，所以遇到了可信和不可信的事，都能应付自如。不过，在我年轻的时候，既没有健全的理性，又没有幽默感，那么是怎么混过来的，实在是个大疑问。和同龄人交流，他们说，自己或则从众，或则听凭朴素的感情的驱动。这种状态，或者可以叫作虔诚。

但是这样理解也有疑问。我见到过不少虔信宗教的人，人家也不干荒唐事。最主要的是：信教的人并不缺少理性，有好多大科学家都信教，而且坚信自己的灵魂能得救；人家的虔诚在理性的轨道之内，我们的虔诚则带有不少黑色幽默的成分。如此看来，问题不在于虔诚。必须指出的是，宗教是在近代才开始合理的，过去也干过烧女巫、迫害异端等勾当。我们知道，当年教会把布鲁诺烧死了，就算我虔信宗教，也不会同意这种行为——我本善良，我对这一点极有把握，所以肯定会去劝那些烧人的人：诸位，人家只不过是主张日心说，烧死他太过分了。别人听了这样的话，必定要拉我同烧，这样我马上会改变劝说的方向，把它对准布鲁诺：得了罢，哥们，你这是何苦？去服个软儿罢。这就是我年轻时做人的态度，这当然算不上理性健全，只能叫作头脑糊涂；用这样的头脑永远也搞不清楚日心说对不对。如果我说中国人里大多数都像我，这肯定不是个有积极意义的结论。我只是说我自己，好像很富柔韧性。因为我是柔顺的，所以领导上觉得让我怎样都成，甚至在病得要死时也能乐呵呵。这是我的错误。其实我没那么柔顺。

　　我的积极结论是这样的：真理直率无比，坚硬无比，但凡有一点柔顺，也算不了真理。安徒生有一篇童话《光荣的荆棘路》，就是献给这些直率、坚硬的人，不过他提到的全是外国人。作为中国的知识分子，理应有自己的榜样。此刻我脑子里浮现出一系列名字：陈寅恪教授、冯友兰教授等等。说到陈教授，我们知道，他穷毕生精力，考据了一篇很不重要的话本《再生缘》。想到这件事，我并不感到有多振奋，只是有点伤感。

四

　　如今到了不惑之年，我终于明白了，自己最适合做的事就是躲在家里写文章。这一方面是因为性情不大合群，另一方面也是我始终向往乐观、积极的东西。如前所述，我们面前有这样两个论域，一个需要认真对待，另一个需要幽默感；最大限度的积极和乐观在后一个论域里才有。我就喜欢编些牛西红柿一类的故事，但是绝不强求别人相信。这不说明我是个糊涂人，我还能够明辨是非。在"真实"这个论域里，假如你让我说话，假如是，我就说是，不是就说不是，绝不乱说，圣经上就是这么说的：再多说一句，就是出于那伪善者。当然，你要是不让我说，我就闭着嘴。假设世界上只有这两个论域，我就能应付得来：现在我既能认真地做事，又有幽默感。但是世界上还有第三个论域，我对其中发生的事颇感困惑。

朋友送我一本自著的书，是关于昆德拉的。其中有一段引述昆德拉的话说：前苏联，就是苏维埃社会主义联盟。这使我感受到了来自真实和幽默两方面的挑战。假如你说，昆德拉在教人识字，那是不对的。他不是干那件事的。至于说这话有何特别的寓意我没看出来，这正是我所担心的，我不愿被人当作笨蛋。事实上没有寓意，无怪我找不出来。至于这句话逗不逗，我请读者自行判断。另外，书里常常提到"某种主义"，既没有特别的寓意，也不逗。向我这位朋友当面请教时，她就气得打噎。原稿里"前苏联"那一段很长而且妙趣横生，被压成了这么短（既然被删了，我也不便引)，至于"某种主义"，原是"极权主义"，这都是编辑做的工作。我的另一位朋友不用编辑来改，就把极权主义写成了全体主义，于是极权国家就是"全体国家"，而且只要你独断专行，就什么都有了。从英文来看，这是很对的，只是从中文来看，全体都须扫盲。当然，此种修改和删节，既不是出于真实，也不是出于幽默感。我写的稿子有时也遭批判，认为它少了点什么，既不是真实，又不是幽默感。还有第三种东西，就是"善"。善是非常好的（从理论上说，没有比它更好的东西），但不能有假的成分。否则就是伪善，比没有还坏。当然，不问真伪，一心向善，是一种积极、上进的态度，这也是非常好的。我自己年轻时就是这样，我遇到了一个奇妙的新世界。

对于现在的年轻人来说，所谓奇妙的新世界并不新。但我是从历史的角度来看问题的，不打招呼就偷换概念，这是我这一代人的品行。其实，从历史上看，这个世界也不新。这使我很是沮丧，因为我十分想得出积极的结论。对我们来说，新比旧积极，正如东比西积极。小时候我住在西城区，很羡慕住在东城的人。我现在四十岁，比之刚出娘胎的人，自然缺少积极的特性。我年轻时相信，只要能把事物一分为二，并且能找到主要方面就足够聪明了；现在觉得还要会点别的才好，否则还是不够聪明。这一点也证明我不够积极了。

对于奇妙的新世界，也该有个结论。我同意，这是前进中的曲折，并且有一些坏人作祟。信佛的人相信有阿修罗，信基督的相信有撒旦，什么都不信的相信有坏人。这是从战略的高度和历史的角度来看。从一个老百姓的角度来看，我又有很古怪的结论。我能出生，纯属偶然，生在何时何地，也非自身能够左右，故而这个奇妙的新世界，对我来说就是"命运"。我从不抱怨命不好，而是认为它好得很。这肯定是个积极的结论。有过这样的命运之后，我老憋不住呵呵傻笑，并且以为自己很逗，这其实非常不好。把幽默感去掉以后，从过去的岁月里，我得到了一个结论，那就是人活在世界上，不可以有偏差；而且多少要费点劲儿，才能把自己保持在理性的轨道上。

* 载于 1994 年第 4 期《中国青年研究》杂志，题为"讨教幽默感"。

人性的逆转

一

有位西方的发展学者说：贫穷是一种生活方式。言下之意是说，有些人受穷，是因为他不想富裕。这句话是作为一种惊世骇俗的观点提出的，但我狭隘的人生经历却证明此话大有道理。对于这句话还可以充分地推广：贫困是一种生活方式，富裕是另一种生活方式；追求聪明是一种人生的态度，追求愚蠢则是另一种生活态度。在这个世界上，有一些人在追求快乐，另一些人在追求痛苦；有些人在追求聪明，另一些人在追求愚蠢。这种情形常常能把人彻底搞糊涂。

洛克先生以为，人人都追求快乐，这是不言自明的。以此为基础，他建立了自己的哲学大厦。斯宾诺莎也说，人类行为的原动力是自我保存。作为一个非专业的读者，我认为这是同一类的东西，认为人趋利而避害，趋乐而避苦，这是伦理学的根基。以此为基础，一切都很明白。相比之下，我们民族的文化传统大不相同，认为礼高于利，义又高于生，这样就创造了一种比较复杂的伦理学。由此产生了一个矛盾，到底该从利害的角度来定义崇高，还是另有一种先验的东西，叫作崇高——举例来说，孟子认为，人皆有恻隐之心，这是人先天的良知良能，这就是崇高的根基。我也不怕人说我是民族虚无主义，反正我以为前一种想法更对。从前一种想法里产生富裕，从后一种想法里产生贫困；从前一种想法里产生的总是快乐，从后一种想法里产生的总是痛苦。我坚定不移地认为，前一种想法就叫作聪明，后一种想法就叫作愚蠢。笔者在大学里学的是理科，凭这样的学问底子，自然难以和专业哲学家理论，但我还是以为，这些话不能不说。

对于人人都追求快乐这个不言自明的道理罗素却以为不尽然，他举受虐狂作为反例。当然，受虐狂在人口中只占极少数。但是受虐却不是罕见的品行。七十年代，笔者在农村插队，在学大寨的口号鞭策下，劳动的强度早已超过了人力所能忍受的极限，但那些工作却是一点价值也没有的。对于这些活计，老乡们概括得最对：没别的，就是要给人找些罪来受。但队干部和积极分子们却乐此不疲，干得起码是不比别人少。学大寨的结果是使大家变得更加贫穷。道理很简单：人干了艰苦的工作之后，就变得很能吃，而地里又没有多长出任何可吃的东西。这个例子说明，人人都有所追求，这个道理是不错的，但追求的却可以是任何东西：你总不好说任何东西都是快乐罢。

人应该追求智慧，这对西方人来说是很容易接受的道理；苏格拉底甚至把求知和行善画上了等号。但是中国人却说"难得糊涂"，仿佛是希望自己变得笨一点。在我身上，追求智慧的冲动比追求快乐的冲动还要强烈，因为这个缘故，在我年轻时，总是个问题青年、思想改造的重点对象。我是这么理解这件事的：别人希望我变得笨一些。谢天谢地，他们没有成功。人应该改变自己，变成某种样子，这大概是没有疑问的。有疑问的只是应该变聪明还是变笨。像这样的问题还能举出一大堆，比方说，人（尤其是女人）应该更漂亮、更性感一些，还是更难看、让人倒胃一些；对别人应该更粗暴、更野蛮一些，还是更有礼貌一些；等等。假如你经历过中国的七十年代，就会明白，在生活的每一个方面，都有不同的答案。你也许会说，每个国家都有自己的国情，每个时代都有自己的风尚，但我对这种话从来就不信。我更相信乔治·奥威尔的话：一切的关键就在于必须承认一加一等于二；弄明白了这一点，其他一切全会迎刃而解。

二

我相信洛克的理论。人活在世上，趋利趋乐暂且不说，首先是应该避苦避害。这种信念来自我的人生经验：我年轻时在插队，南方北方都插过。谁要是有同样的经历就会同意，为了谋生，人所面临的最大任务是必须搬动大量沉重的物质：这些物质有时是水，有时是粪土，有时是建筑材料，等等。到七十年代中期为止，在中国南方，解决前述问题的基本答案是：一根扁担。在中国的北方则是一辆小车。我本人以为，这两个方案都愚不可及。在前一个方案之下，自肩膀至脚跟，你的每一寸肌肉、每一寸骨骼都在百十公斤重物的压迫之下，会给你带来腰疼病、腿疼病。后一种方案比前种方案强点不多，虽然车轮承担了重负，但车上的重物也因此更多。假如是往山上推的话，比挑着还要命。西方早就有人在解决这类问题，先有阿基米德，后有牛顿、卡特，所以在一二百年前就把这问题解决了。而在我们中国，到现在也没解决。你或者会以为，西方文明有这么一点小长处，善于解决这种问题，但我以为这是不对的。主要的因素是感情问题。西方人以为，人的主要情感源于自身，所以就重视解决肉体的痛苦。中国人以为，人的主要情感是亲亲敬长，就不重视这种问题。这两种想法哪种更对？当然是前者。现在还有人说，西方人纲常败坏，过着痛苦的生活——这种说法是昧良心的。西方生活我见过，东方的生活我也见过。西方人儿女可能会吸毒，婚姻可能会破裂，总不会早上吃两片白薯干，中午吃两片白薯干，晚上再吃两片白薯干，就去挑一天担子，推一天的重车！从孔孟到如今，中国的哲学家从来不挑担、不推车。所以他们的智慧从不考虑降低肉体的痛苦，专门营造站着说话不腰疼的理论。

三

在西方人看来，人所受的苦和累可以减少，这是一切的基础。假设某人做出一份牺牲，可以给自己或他人带来很多幸福，这就是崇高——洛克就是这么说的。孟子不是这么说，他的崇高另有根基，远不像洛克的理论那么能服人。据我所知，孟子远不是个笨蛋。除了良知良能，他还另有说法。他说反对他意见的人（杨朱、墨子）都是禽兽。由此得出了崇高的定义：有种东西，我们说它是崇高，是因为反对它的人都不崇高。这个定义一直沿用到了如今。细想起来，我觉得这是一种模糊不清的混蛋逻辑，还不如直说凡不同意我意见者都是王八蛋为好。总而言之，这种古怪的论证方式时常可以碰到。

在七十年代，发生了这样一回事：河里发大水，冲走了一根国家的电线杆。有位知青下水去追，电杆没捞上来，人也淹死了。

这位知青受到表彰,成了革命烈士。这件事引起了一点小小的困惑:我们知青的一条命,到底抵不抵得上一根木头?结果是困惑的人惨遭批判,结论是:国家的一根稻草落下水也要去追。至于说知青的命比不上一根稻草,人家也没这么说。他们只说,算计自己的命值点什么,这种想法本身就不崇高。坦白地说,我就是困惑者之一。现在有种说法,以为民族的和传统的就是崇高的。我知道它的论据:因为反民族和反传统的人很不崇高。但这种论点吓不倒我。

四

过去欧洲有个小岛,岛上是苦役犯服刑之处。犯人每天的工作是从岛东面挑起满满的一挑水,走过崎岖的山道,到岛西面倒掉。这岛的东面是地中海,水从地中海里汲来。西面也是地中海,这担水还要倒回地中海去。既然都是地中海,所以是通着的。我想,倒在西面的水最终还要流回东面去。无价值的吃苦和无代价的牺牲大体就是这样的事。有人会说,这种劳动并非毫无意义,可以陶冶犯人的情操、提升犯人的灵魂;而有些人会立刻表示赞成,这些人就是那些岛上的犯人——我听说这岛上的看守手里拿着鞭子,很会打人。根据我对人性的理解,就是离开了那座岛屿,也有人会保持这种观点。假如不是这样，劳动改造就没有收到效果。在这种情况下，人性就被逆转了。

从这个例子来看，要逆转人性，必须有两个因素：无价值的劳动和暴力的威胁，两个因素缺一不可。人性被逆转之后，他也就糊涂了。费这么大劲把人搞糊涂有什么好处，我就不知道，但想必是有的，否则不会有这么个岛。细想起来，我们民族的传统文化里就包含了这种东西。举个例子来说，朝廷的礼节。见皇上要三磕九叩、扬尘舞蹈，这套把戏耍起来很吃力，而且不会带来任何收益，显然是种无代价的劳动。但皇上可以廷杖臣子，不老实的马上拉下去打板子。有了这两个因素，这套把戏就可以耍下去，把封建士大夫的脑子搞得很糊涂。回想七十年代，当时学大寨和抓阶级斗争总是一块搞的，这样两个因素就凑齐了。我下乡时，和父老乡亲们在一起。我很爱他们，但也不能不说：他们早就被逆转了。我经历了这一切，脑子还是不糊涂，还知道一加一等于二，这只说明一件事：要逆转人性，还要有第三个因素，那就是人性的脆弱。

五

我认为七十年代是我们宝贵的精神财富，这个看法和一些同龄人是一样的。七十年代的青年和现在的青年很不一样，更热情、更单纯、更守纪律，对生活的要求更低，而且更加倒霉。成为这些人中的一员，是一种极难得的际遇，这些感受和别人是一样的。有些人认为这种经历是一种崇高的感受，我就断然反对，而且认为这种想法是病态的。让我们像奥威尔一样，想想什么是一加一等于二，七十年代对于大多数中国人来说，是个极痛苦的年代。很多年轻人做出了巨大的自我牺牲，而且这种牺牲毫无价值。想清楚了这些事，我们再来谈谈崇高的问题。就七十年代这个例子来说，我认为崇高有两种：一种是当时的崇高，领导上号召我们到农村去吃苦，说这是一种光荣。还有一种崇高是现在的崇高，忍受了这些痛苦、做出了自我牺牲之后，我们自己觉得这是崇高的。我觉得这后一种崇高比较容易讲清楚。弗洛伊德对受虐狂有如下的解释：假如人生活在一种无力改变的痛苦之中，就会转而爱上这种痛苦，把它视为一种快乐，以便使自己好过一些。对这个道理稍加推广，就会想道：人是一种会自己骗自己的动物。我们吃了很多无益的苦，虚掷了不少年华，所以有人就想说，这种经历是崇高的。这种想法可以使他自己好过一些，所以它有些好作用。很不幸的是它还有些坏作用：有些人就据此认为，人必须吃一些无益的苦、虚掷一些年华，用这种方法来达到崇高。这种想法不仅有害，而且是有病。

说到吃苦、牺牲，我认为它是负面的事件。吃苦必须有收益，牺牲必须有代价，这些都属一加一等于二的范畴。我个人认为，我在七十年代吃的苦、做出的牺牲是无价值的，所以这种经历谈不上崇高；这不是为了贬低自己，而是为了对现在和未来发生的事件有个清醒的评价。逻辑学家指出，从正确的前提能够推导出正确的结论，但从一个错误的前提就什么都能够推导出来。把无价值的牺牲看作崇高，也就是接受了一个错误的前提。此后你就会什么鬼话都能说出口来，什么不可信的事都肯信——这种状态正确的称呼叫作"糊涂"。人的本性是不喜欢犯错误的，所以想把他搞糊涂，就必须让他吃很多的苦——所以糊涂也很难得呀。因为人性不总是那么脆弱，所以糊涂才难得。经过了七十年代，有些人对人世间的把戏看得更清楚，他就是变得更聪明。有些人对人世间的把戏更看不懂了，他就是变得更糊涂。不管发生了哪种情况，七十年代都是我们的宝贵财富。

我要说出我的结论，中国人一直生活在一种有害哲学的影响之下，孔孟程朱编出了这套东西，完全是因为他们在社会的上层生活。假如从整个人类来考虑问题，早就会发现，趋利避害，直截了当地解决实际问题最重要——说实话，中国人在这方面已经很不像样了——这不是什么哲学的思辨，而是我的生活经验。我们的社会里，必须有改变物质生活的原动力，这样才能把未来的命脉握在自己的手里。

思维的乐趣

一

二十五年前，我到农村去插队时，带了几本书，其中一本是奥维德的《变形记》，我们队里的人把它翻了又翻，看了又看，以致它像一卷海带的样子。后来别队的人把它借走了，以后我又在几个不同的地方见到了它，它的样子越来越糟。我相信这本书最后是被人看没了的。现在我还忘不了那本书的惨状。插队的生活是艰苦的，吃不饱，水土不服，很多人得了病；但是最大的痛苦是没有书看，倘若可看的书很多的话，《变形记》也不会这样悲惨地消失了。除此之外，还得不到思想的乐趣。我相信这不是我一个人的经历：傍晚时分，你坐在屋檐下，看着天慢慢地黑下去，心里寂寞而凄凉，感到自己的生命被剥夺了。当时我是个年轻人，但我害怕这样生活下去，衰老下去。在我看来，这是比死亡更可怕的事。

我插队的地方有军代表管着我们,现在我认为,他们是一批单纯的好人,但我还认为,在我这一生里,再没有谁比他们使我更加痛苦过了。他们认为,所谓思想的乐趣,就是一天二十四小时都用毛泽东思想来占领,早上早请示,晚上晚汇报,假如有闲暇,就去看看说他们自己"亚古都"的歌舞。我对那些歌舞本身并无意见,但是看过二十遍以后就厌倦了。假如我们看书被他看到了,就是一场灾难,甚至"著迅鲁"的书也不成——小红书当然例外。顺便说一句,还真有人因为带了旧版的鲁迅著作给自己带来了麻烦。有一个知识可能将来还有用处,就是把有趣的书换上无趣的皮。我不认为自己能够在一些宗教仪式中得到思想的乐趣,所以一直郁郁寡欢。像这样的故事有些作者也写到过,比方说,茨威格写过一部以此为题材的小说《象棋》,可称是现代经典,但我不认为他把这种痛苦描写得十全十美了。这种痛苦的顶点不是被拘押在旅馆里没有书看、没有合适的谈话伙伴,而是被放在外面,感到天地之间同样寂寞,面对和你一样痛苦的同伴。在我们之前,生活过无数的大智者,比方说,罗素、牛顿、莎士比亚,他们的思想和著述可以使我们免于这种痛苦,但我们和他们的思想、著述,已经被隔绝了。一个人倘若需要从思想中得到快乐,那么他的第一个欲望就是学习。我承认,我在抵御这种痛苦方面的确是不够坚强,但我绝不是最差的一个。举例言之,罗素先生在五岁时,感到寂寞而凄凉，就想道：假如我能活到七十岁，那么我这不幸的一生才度过了十四分之一！但是等他稍大一点，接触到智者的思想的火花，就改变了想法。假设他被派去插队，很可能就要自杀了。

谈到思想的乐趣，我就想到了我父亲的遭遇。我父亲是一位哲学教授，在五六十年代从事思维史的研究。在老年时，他告诉我，自己一生的学术经历，就如一部恐怖电影。每当他企图立论时，总要在大一统的官方思想体系里找自己的位置，就如一只老母鸡要在一个大搬家的宅院里找地方孵蛋一样。结果他虽然热爱科学而且很努力，但在一生中却没有得到思维的乐趣，只收获了无数的恐慌。他一生的探索，只剩下了一些断壁残垣，收到一本名为《逻辑探索》的书里，在他身后出版。众所周知，他那一辈的学人，一辈子能留下一本书就不错。这正是因为在那些年代，有人想把中国人的思想搞得彻底无味。我们这个国家里，只有很少的人觉得思想会有乐趣，却有很多的人感受过思想带来的恐慌。所以现在还有很多人以为，思想的味道就该是这样的。

二

"文化革命"之后，我读到了徐迟先生写哥德巴赫猜想的报告文学，那篇文章写得很浪漫。一个人写自己不懂得的事就容易这样浪漫。我个人认为，对于一个学者来说，能够和同行交流，是一种起码的乐趣。陈景润先生一个人在小房子里证数学题时，很需要有些国外的数学期刊可看，还需要有机会和数学界的同仁谈谈。但他没有，所以他未必是幸福的，当然他比没定理可证的人要快活。把一个定理证了十几年，就算证出时有绝大的乐趣，也不能平衡。但是在寂寞里枯坐就更加难熬。假如插队时，我懂得数论，必然会有陈先生的举动，而且就是最后什么都证不出也不后悔；但那个故事肯定比徐先生作品里描写的悲惨。然而，某个人被剥夺了学习、交流、建树这三种快乐，仍然不能得到我最大的同情。这种同情我为那些被剥夺了"有趣"的人保留着。

"文化革命"以后，我还读到了阿城先生写知青下棋的小说，这篇小说写得也很浪漫。我这辈子下过的棋有五分之四是在插队时下的，同时我也从一个相当不错的棋手变成了一个无可救药的庸手。现在把下棋和插队两个词拉到一起，就能引起我生理上的反感。因为没事干而下棋，性质和手淫差不太多。我决不肯把这样无聊的事写进小说里。

假如一个人每天吃一样的饭，干一样的活，再加上把八个样板戏翻过来倒过去地看，看到听了上句知道下句的程度，就值得我最大的同情。我最赞成罗素先生的一句话："须知参差多态，乃是幸福的本源。"大多数的参差多态都是敏于思索的人创造出来的。当然,我知道有些人不赞成我们的意见。他们必然认为,单一机械,乃是幸福的本源。老子说,要让大家"虚其心而实其腹",我听了就不是很喜欢;汉儒废黜百家,独尊儒术,在我看来是个很卑鄙的行为。摩尔爵士设想了一个细节完备的乌托邦,但我像罗素先生一样,决不肯到其中去生活。在这个名单的末尾是一些善良的军代表,他们想把一切从我头脑中驱除出去,只剩一本二百七十页的小红书。在生活的其他方面,某种程度的单调、机械是必须忍受的,但是思想绝不能包括在内。胡思乱想并不有趣,有趣是有道理而且新奇。在我们生活的这个世界上,最大的不幸就是有些人完全拒绝新奇。

我认为自己体验到最大快乐的时期是初进大学时,因为科学对我来说是新奇的,而且它总是逻辑完备,无懈可击,这是这个平凡的尘世上罕见的东西。与此同时,也得以了解先辈科学家的杰出智力。这就如和一位高明的棋手下棋,虽然自己总被击败,但也有机会领略妙招。在我的同学里,凡和我同等年龄、有同等经历的人,也和我有同样的体验。某些单调机械的行为,比如吃、排泄、性交,也能带来快感,但因为过于简单,不能和这样的快乐相比。艺术也能带来这样的快乐,但是必须产生于真正的大师,像牛顿、莱布尼兹、爱因斯坦那样级别的人物,时下中国的艺术家,尚没有一位达到这样的级别。恕我直言,能够带来思想快乐的东西,只能是人类智慧至高的产物。比这再低一档的东西，只会给人带来痛苦；而这种低档货，就是出于功利的种种想法。

三

有必要对人类思维的器官（头脑）进行"灌输"的想法，时下正方兴未艾。我认为脑子是感知至高幸福的器官，把功利的想法施加在它上面，是可疑之举。有一些人说它是进行竞争的工具，所以人就该在出世之前学会说话，在三岁之前背诵唐诗。假如这样来使用它，那么它还能获得什么幸福，实在堪虞。知识虽然可以带来幸福，但假如把它压缩成药丸子灌下去，就丧失了乐趣。当然，如果有人乐意这样来对待自己的孩子，那不是我能管的事，我只是对孩子表示同情而已。还有人认为，头脑是表示自己是个好人的工具，为此必须学会背诵一批格言、教条——事实上，这是希望使自己看上去比实际上要好，十足虚伪。这使我感到了某种程度的痛苦，但还不是不能忍受的。最大的痛苦莫过于总有人想要用种种理由消灭幸福所需要的参差多态。这些人想要这样做，最重要的理由是道德；说得更确切些，是出于功利方面的考虑。因此他们就把思想分门别类，分出好的和坏的，但所用的标准很是可疑。他们认为，假如人们脑子里灌满了好的东西，天下就会太平。因此他们准备用当年军代表对待我们的态度，来对待年轻人。假如说，思想是人类生活的主要方面，那么，出于功利的动机去改变人的思想，正如为了某个人的幸福把他杀掉一样，言之不能成理。

有些人认为，人应该充满境界高尚的思想，去掉格调低下的思想。这种说法听上去美妙，却使我感到莫大的恐慌。因为高尚的思想和低下的思想的总和就是我自己；倘若去掉一部分，我是谁就成了问题。假设有某君思想高尚，我是十分敬佩的；可是如果你因此想把我的脑子挖出来扔掉，换上他的，我决不肯，除非你能够证明我罪大恶极，死有余辜。人既然活着，就有权保证他思想的连续性，到死方休。更何况那些高尚和低下完全是以他们自己的立场来度量的，假如我全盘接受，无异于请那些善良的思想母鸡到我脑子里下蛋，而我总不肯相信，自己的脖子上方，原来是长了一座鸡窝。想当年，我在军代表眼里，也是很低下的人，他们要把自己的思想方法、生活方式强加给我，也是一种脑移植。菲尔丁曾说，既善良又伟大的人很少，甚至是绝无仅有的，所以这种脑移植带给我的不光是善良，还有愚蠢。在此我要很不情愿地用一句功利的说法：在现实世界上，蠢人办不成什么事情。我自己当然希望变得更善良，但这种善良应该是我变得更聪明造成的，而不是相反。更何况赫拉克利特早就说过，善与恶为一，正如上坡和下坡是同一条路。不知道何为恶，焉知何为善？所以他们要求的，不过是人云亦云罢了。

假设我相信上帝（其实我是不信的），并且正在为善恶不分而苦恼，我就会请求上帝让我聪明到足以明辨是非的程度，而绝不会请他让我愚蠢到让人家给我灌输善恶标准的程度。假若上帝要我负起灌输的任务，我就要请求他让我在此项任务和下地狱中做一选择，并且我坚定不移的决心是：选择后者。

四

假如要我举出一生最善良的时刻，那我就要举出刚当知青时，当时我一心想要解放全人类，丝毫也没有想到自己。同时我也要承认，当时我愚蠢得很，所以不仅没干成什么事情，反而染上了一身病，丢盔卸甲地逃回城里。现在我认为，愚蠢是一种极大的痛苦；降低人类的智能，乃是一种最大的罪孽。所以，以愚蠢教人，那是善良的人所能犯下的最严重的罪孽。从这个意义上说，我们绝不可对善人放松警惕。假设我被大奸大恶之徒所骗，心理还能平衡；而被善良的低智人所骗，我就不能原谅自己。

假如让我举出自己最不善良的时刻，那就是现在了。可能是因为受了一些教育，也可能是因为已经成年，反正你要让我去解放什么人的话，我肯定要先问问，这些人是谁，为什么需要帮助；

其次要问问，帮助他们是不是我能力所及；最后我还要想想，自己直奔云南去挖坑，是否于事有补。这样想来想去，我肯定不愿去插队。领导上硬要我去，我还得去，但是这以后挖坏了青山、造成了水土流失等等，就罪不在我。一般人认为，善良而低智的人是无辜的。假如这种低智是先天造成的，我同意。但是人可以发展自己的智力，所以后天的低智算不了无辜——再说，没有比装傻更便当的了。当然，这结论绝不是说当年那些军代表是些装傻的奸邪之辈——我至今相信他们是好人。我的结论是：假设善恶是可以判断的，那么明辨是非的前提就是发展智力，增广知识。然而，你劝一位自以为已经明辨是非的人发展智力，增广见识，他总会觉得你让他舍近求远，不仅不肯，还会心生怨恨。我不愿为这样的小事去得罪人。

我现在当然有自己的善恶标准，而且我现在并不比别人表现得坏。我认为低智、偏执、思想贫乏是最大的邪恶。按这个标准，别人说我最善良，就是我最邪恶时；别人说我最邪恶，就是我最善良时。当然我不想把这个标准推荐给别人，但我认为，聪明、达观、多知的人，比之别样的人更堪信任。基于这种信念，我认为我们国家在"废黜百家，独尊儒术"之后，就丧失了很多机会。

我们这个民族总是有很多的理由封锁知识、钳制思想、灌输善良，因此有很多才智之士在其一生中丧失了学习、交流、建树的机会，没有得到思想的乐趣就死掉了。想到我父亲就是其中的一个，我就心中黯然；想到此类人士的总和有恒河沙数之多，我就趋向于悲观。此种悲剧的起因，当然是现实世界里存在的种种问题。伟大的人物总认为，假设这世界上所有的人都像他期望的那样善良——更确切地说，都像他期望的那样思想，"思无邪"，或者"狠斗私字一闪念"，世界就可以得救。提出这些说法的人本身就是无邪或者无私的，他们当然不知邪和私是什么，故此这些要求就是：我没有的东西，你也不要有。无数人的才智就此被扼杀了。考虑到那恒河沙数才智之士的总和是一种难以想象的庞大资源，这种想法就是打算把整个大海装入一个瓶子之中。我所看到的事实是，这种想法一直在实行中，也就是说，对于现实世界的问题，从愚蠢的方面找办法。据此我认为，我们国家自汉代以后，一直在进行思想上的大屠杀；而我能够这样想，只说明我是幸存者之一。除了对此表示悲伤之外，我想不到别的了。

五

我虽然已活到了不惑之年，但还常常为一件事感到疑惑：为什么有很多人总是这样地仇恨新奇，仇恨有趣。古人曾说：天不生仲尼，万古长如夜。但我有相反的想法。假设历史上曾有一位大智者，一下发现了一切新奇、一切有趣，发现了终极真理，根绝了一切发现的可能性，我就情愿到该智者以前的年代去生活。这是因为，假如这种终极真理已经被发现，人类所能做的事就只剩下了依据这种真理来做价值判断。从汉代以后到近代，中国人就是这么生活的。我对这样的生活一点都不喜欢。

我认为，在人类的一切智能活动里，没有比做价值判断更简单的事了。假如你是只公兔子，就有做出价值判断的能力——大灰狼坏，母兔子好。然而兔子就不知道九九表。此种事实说明，一些缺乏其他能力的人，为什么特别热爱价值的领域。倘若对自己做价值判断，还要付出一些代价；对别人做价值判断，那就太简单、太舒服了。讲出这样粗暴的话来，我的确感到羞愧，但我并不感到抱歉。因为这种人士带给我们的痛苦实在太多了。

在一切价值判断之中，最坏的一种是：想得太多、太深奥、超过了某些人的理解程度是一种罪恶。我们在体验思想的快乐时，并没有伤害到任何人；不幸的是，总有人觉得自己受了伤害。诚然，这种快乐不是每一个人都能体验到的，但我们不该对此负责任。我看不出有什么理由要取消这种快乐，除非把卑鄙的嫉妒计算在内——这世界上有人喜欢丰富，有人喜欢单纯；我未见过喜欢丰富的人妒恨、伤害喜欢单纯的人，我见到的情形总是相反。假如我对科学和艺术稍有所知的话，它们是源于思想乐趣的浩浩江河，虽然惠及一切人，但这江河绝不是如某些人所想象的那样，为他们而流，正如以思想为乐趣的人不是为他们而生一样。

对于一位知识分子来说，成为思维的精英，比成为道德精英更为重要。人当然有不思索、把自己变得愚笨的自由；对于这一点，我是一点意见都没有的。问题在于思索和把自己变聪明的自由到底该不该有。喜欢前一种自由的人认为，过于复杂的思想会使人头脑昏乱，这听上去似乎有些道理。假如你把深山里一位质朴的农民请到城市的化工厂里，他也会因复杂的管道感到头晕，然而这不能成为取消化学工业的理由。所以，质朴的人们假如能把自己理解不了的事情看作是与己无关的事，那就好了。

假如现在我周围的世界又充满了"文革"时的军代表和道德教师，只能使我惊，不能使我惧。因为我已经活到了四十二岁。我在大学里遇到了把知识当作幸福来传播的数学教师，他使学习数学变成了一种乐趣。我遇到了启迪我智慧的人。我有幸读到了我想看的书——这个书单很是庞杂，从罗素的《西方哲学史》，一直到英国维多利亚时期的地下小说。这最后一批书实在是很不堪的，但我总算是把不堪的东西也看到了。当然，我最感谢的是那些写了好书的人，比方说，萧伯纳、马克·吐温、卡尔维诺、杜拉斯等等，但对那些写了坏书的人也不怨恨。我自己也写了几本书，虽然还没来得及与大陆读者见面，但总算获得了一点创作的快乐。这些微不足道的幸福就能使我感到在一生中稍有所得，比我父亲幸福，比那些将在思想真空里煎熬一世的年轻人幸福。作为一个有过幸福和痛苦两种经历的人，我期望下一代人能在思想方面有些空间来感到幸福，而且这种空间比给我的大得多。而这些呼吁当然是对那些立志要当军代表和道德教师的人而发的。

* 载于 1994 年第 9 期《读书》杂志。

我看文化热

我们已经有了好几次文化热：第一次好像是在八五年，我正在海外留学，有朋友告诉我说，国内正在热着。到八八年我回国时，又赶上了第二次热。这两年又来了一次文化批评热，又名"人文精神的讨论"。看来文化热这种现象，和流行性感冒有某种近似之处。前两次热还有点正经，起码介绍了些国外社会科学的成果，最近这次很不行，主要是在发些牢骚：说社会对人文知识分子的态度不端正；知识分子自己也不端正；夫子曰，君子喻于义，小人喻于利，我们要向君子看齐——可能还说了些别的。但我以为，以上所述，就是文化批评热中多数议论的要点。在文化批评热里王朔被人臭骂，正如《水浒传》里郓城县都头插翅虎雷横在勾栏里遭人奚落：你这厮若识得子弟门庭时，狗头上生角！文化就是这种子弟门庭，决不容痞子插足。如此看来，文化是一种以自我为中心的价值观，还有点党同伐异的意思；但我不愿把别人想得太坏，所以就说，这次热的文化，乃是一种操守，要求大家洁身自好，不要受物欲的玷污。我们文化人就如唐僧，俗世的物欲就如一个母蝎子精，我们可不要受她的勾引，和那个妖女睡觉，丧了元阳，走了真精，此后不再是童男子，不配前往西天礼佛——这样胡扯下去，别人就会不承认我是文化人，取消我讨论文化问题的权利。我想要说的是，像这样热下去，我就要不知道文化是什么了。

　　我知道一种文化的定义是这样的：文化是一个社会里精神财富的积累，通过物质媒介（书籍、艺术品等等）传诸后世或向周围传播。根据这种观点，文化是创造性劳动的成果。现在正热着的观点却说，文化是种操守，是端正的态度；属伦理学范畴。我也不便说哪种观点更对。但就现在人们呼吁的"人文精神的回归"，我倒知道一个例子，文艺复兴。这虽是个历史时期，但现在还看得见、摸得着。为此我们可以前往佛罗伦萨，那里满街都是文艺复兴时期的建筑，这种建筑是种人文的成果。佛罗伦萨还有无数的画廊、博物馆，走进去就可以看见当时的作品——精妙绝伦，前无古人。由于这些人文的成果，才可以说有人文精神。倘若没有这些成果，佛罗伦萨的人空口说白话道："我们这里有过一种人文精神"，别人不但不信，还要说他们是骗子。总而言之，所谓人文精神，应当是对某个时期全部人文成果的概括。

　　现在可以回过头去看看，为什么在中国，一说到文化，人们就往伦理道德方面去理解。我以为这是种历史的误会。众所周知，中国文化的最大成就，乃是孔孟开创的伦理学、道德哲学。这当然是种了不得的大成果，如其不然，别人也不会承认有我们这种文化。很不幸的是，这又造成了一种误会，以为文化即伦理道德，根本就忘了文化应该是多方面的成果——这是个很大的错误。不管怎么说，只有这么一种成果，文化显得单薄乏味。打个比方来说，文化好比是蔬菜，伦理道德是胡萝卜。说胡萝卜是蔬菜没错，说蔬菜是胡萝卜就有点不对头——这次文化热正说到这个地步，下一次就要说蔬菜是胡萝卜缨子，让我们彻底没菜吃。所以，我希望别再热了。

* 载于 1996 年 7 月 12 日《南方周末》。

文化之争

罗素先生在《权力论》一书里，提到有一种僧侣的权力，过去掌握在教士们手里。他还说，在西方，知识分子是教士的后裔。另外，罗素又说，中国的儒学也拥有僧侣的权力。这就使人想到，中国知识分子是儒士的后裔。教士和儒士拥有的知识来自一些圣书，圣经或者《论语》之类。而近代知识分子，即便不是全部，起码也是一部分人，手里并没有圣书。他们令人信服，全凭知识；这种知识本身就可以取信于人。奇怪的是，这后一种知识并不能带来权力。

把儒学和宗教并列，肯定会招来一些反对。儒学没有凭借神的名义，更没有用天堂和地狱来吓唬人。但它也编造了一个神话，就是假如你把它排除在外，任何人都无法统治，天下就会乱作一团，什么秩序、伦理、道德都不会有。这个神话唬住了一代又一代的中国人，直到现在还有人相信。罗素说，对学者的尊敬从来就不是出于真知，而是因为想象中他具有的魔力。我认为，儒学的魔力就是统治神话的魔力。当然，就所论及的内容来说，儒学是一种哲学，但是圣人说的那些话都是些断语，既没有什么证据，也没有什么逻辑。假如不把统治的魔力估计在内，很难相信大家会坚信不移。

罗素所说的"真知"是指科学。这种知识，一个心智正常的人，只要肯花工夫，就能学会。众所周知，科学不能解决一切问题，特别是在价值的领域。因此有人说它浅薄。不过，假如你真的花了些时间去学，就会发现，它和儒学有很大的不同。

我们知道，儒士的基本功是要背书，把圣人说过的每一句话都牢牢地记住。我相信，假如孔子或者孟子死而复生，看到后世的儒生总在重复他们说过的只言片语，一定会感到诧异。当然，也不能说这些儒生只是些留声机。因为他们在圣人之言前面都加上了前缀"夫子曰"。此种怪诞的情形提示了儒学的精神：让儒士成为圣人的精神复制品。按我的理解，这种复制是通过背诵来完成的。从另一个方面来说，背诵对儒士也是有利可图的。我们知道，有些人用背诵《韦氏大字典》的方式来学习英文。与过去背圣人书可以得到的利益相比，学会英文的利益实在太小。假设你真的成为圣人的精神复制品，就掌握了统治的魔力，可以学而优则仕，当个官老爷；而会背诵字典的人只能去当翻译，拿千字二十元的稿酬。这两种背诵真不可同日而语。

现在我们来看看科学。如果不提它的复杂性，它是一些你知道了就会同意的东西。它和"君君、臣臣、父父、子子"不同，和"天人合一"也不同。这后两句话我知道了很多年，至今还没有同意。更重要的是，科学并不提倡学者成为某种精神的复制品，也不自称有某种魔力。因为西方知识分子搞出了这种东西，所以不再受人尊重。假如我们相信罗素先生的说法，西方知识分子就是这样拆了自己的台。可恨的是，他们不但拆了自己的台，还要来拆中国知识分子的台。更可恨的是，有些中国知识分子也要来拆自己的台——晚生正是其中的一人。

　　自从近代以来，就有一种关于传统文化的争论。我们知道，文化是人类的生活方式，它有很多方面。而此种争论总是集中在如何对待传统哲学之上，所以叫作"文化之争"多少有点名不副实。在争论之中，总要提到中外有别，中国有独特的国情。照我看，争论中有一方总在暗示着传统学术统治的魔力，并且说，在中国这个地方，离开了这种魔力是不行的。假如我理解的不错，说中国离开了传统学术独特的魔力就不行，不是一个问题，而是两个问题。其一是说，作为儒学传统嫡系子孙的那些人离开了这种魔力就不成。其二是说，整个中国的芸芸众生离开了这种魔力就不行。把这两件事合在一起来说，显然是很不恰当。如果分开来说，第一个问题就很是明白。儒学的嫡系子孙们丧失了统治的魔力之后，就沦为雇员，就算当了教授、研究员，地位也不可与祖先相比。

对于这种状况，罗素先生有个说明："知识分子发现他们的威信因自己的活动而丧失，就对当代世界感到不满。"他说的是西方的情形。在中国，这句话应该改为：某些中国知识分子发现自己的权威因为西方知识分子的活动而丧失，所以仇恨西洋学术和外国人。至于第二个问题，却是越说越暧昧难明。我总是在怀疑，有些人心里想着第一个问题，嘴上说着第二个问题。凭良心说，我很希望自己怀疑错。

我们知道，优秀的统帅总是选择于己有利的战场来决战。军事家有谋略是件好事，学者有谋略好不好就值得怀疑。赞成传统文化的人现在有一种说法，以为任何民族都要尊重自己的文化传统，否则就没有前途。晚生以为，这种说法有选择战场的嫌疑。在传统这个战场上，儒士比别人有利。不是儒士的人有理由拒绝这种挑战。前不久晚生参与了一种论战，在论战中，有些男士以为现在应当回到传统，让男主外女主内，有些女士则表示反对。很显然，在传统这个战场上，男人比女人有利。我虽是男人，却站到了女人一方；因为我讨厌这种阴谋诡计。

现在让我们回到正题。罗素先生曾说，他赞成人人平等。但很遗憾的是，事实却不是这样。人和人是不平等的，其中最重要的，是人与人有知识的差异。这就提示说，由知识的差异可以产生权力。让我们假设世界上的人都很无知，唯有某个人全知全能，那么此人就可能掌握权力。中国古代的圣贤和现代的科学家相比，寻求知识的热情有过之而无不及。在圣贤中，特别要提出朱熹，就我所知，他的求知热情是古往今来的第一人。科学家和圣贤的区别在于，前者不但寻求知识，还寻求知识的证明。不幸的是，证明使知识人人可懂，他们就因此丧失了权力。相比之下，圣贤就要高明很多。因此，他们很快就达到了全知全觉的水平，换言之，达到了"内圣"的境界；只是这些知和觉可靠不可靠却大成问题。我们知道，内圣和外王总是联系在一起的。假如我们说，圣贤急于内圣，是为了外王，就犯了无凭据地猜度别人内心世界的错误。好在还有朱熹的话来作为佐证：他也承认，自己格物致知，是为了齐家治国平天下。

现在，假如我说儒家的道德哲学和伦理学是全然错误的，也没有凭据。我甚至不能说这些东西是令人羞愧的知识。不过，这些知识里的确有令人羞愧的成分，因为这种知识的追随者，的确用它攫取了僧侣的权力。至于这种知识的发明人，我是指孔子、孟子，不包括朱熹，他们是无辜的。因为他们没有想获得、更没有享受到这种权力。倘若今日仍有人试图通过复兴这种知识来获得这种权力，就可以用孟子的话来说他们："无耻之耻，无耻矣。"当然，有人会说，我要复兴国学，只是为了救民于水火，振兴民族的自尊心。这就等于说，他在道德上高人一等，并且以天下为己任。我只能说，这样赤裸裸地宣扬自己过于直露，不是我的风格；同时感到，僧侣的权力又在叩门。僧侣的权力比赤裸裸的暴虐要好得多,这我是承认的。虚伪从来就比暴力好得多。但我又想，生活在二十世纪末，我们有理由盼望好一点的东西。当然，对我这种盼望，又可以反驳说，身为一个中国人，你也配！——此后我除了向隅而泣，就想不到别的了。

我是哪一种女权主义者

因为太太在做妇女研究，读了一批女权主义的理论书，我们常在一起讨论自己的立场。作为一个知识分子，我们不可避免地会有一种接近某种女权主义的立场。我总觉得，一个人不尊重女权，就不能叫作一个知识分子。但是女权主义的理论门类繁多（我认为这一点并不好），到底是哪一种就很重要了。

社会主义女权主义者认为，性别之间的不平等是社会制度造成的，要靠社会制度的变革来消除。这种观点在西方带点阶段论的色彩，在中国就不一样了。众所周知，我国现在已是社会主义制度，党主张男女平等，政府重视妇女的社会保障，在这方面成就也不少。但恰恰在这种情况下，我们感到了社会主义女权理论的不足。举个例子来说，现在企业精简职工，很多女职工被迫下岗。假若你要指责企业经理，他就反问道：你何不问问这些女职工自身的素质如何？像这样的题目报刊上讨论得已经很多了。很明显，一个人的生活不能单纯地依赖社会保障，还要靠自身的努力；而且一个人得到的社会保障越多，自身的努力往往就越少。正如其他女权主义门派指出的那样，社会主义女权主义向社会寻求保障的同时，也就承认了自己是弱者，这是一个不小的失策。在社会主义制度下，得到较多保障的人总是值得羡慕的——我年轻时，大家都羡慕国营企业的工人，因为他们最有保障。但保障和尊严是两回事。

　　与此有关的问题是：我们国家的男女是否平等了？在这方面有一点争议。中国人自己以为，在这方面做得已经很不错。但是西方一些观察家不同意。我认为这不是一个问题，而是两个问题。头一个问题是：在我们的社会里，是否把男人和女人同等看待。这个问题有难以评论的性质。众所周知，一有需要，上面就可以规定各级政府里女干部的比例、各级人代会里女代表的比例，我还听说为了配合"九五世妇会"，出版社正在大出女作家的专辑。因为想把她们如何看待就可以如何看待，这件事就丧失了客观性，而且无法讨论。另一个问题是：在我们国家里，妇女的实际地位如何，她们自身的素质、成就、掌握的决策权，能不能和男性相比。这个问题很严肃，我的意见是：当然不能比。妇女差得很多——也许只有竞技体育例外，但竞技体育不说明什么。我们国家总是从社会主义女权理论的框架出发去关怀女性，分配给她各种东西，包括代表名额。我以为这种关怀是不够的。真正的成就是自己争取来的，而不是分配来的东西。

西方还有一种激进的女权主义立场，认为女性比男性优越，女人天性热爱和平、关心生态，就是她们优越的证明。据说女人可以有比男人更强烈、持久的性高潮，也是一种优越的证明，我很怀疑这种证明的严肃性。虽然女人热爱自己的性别是值得赞美的，但也不可走火入魔。一个人在坐胎时就有男女之分，我以为这种差异本身是美好的。别人也许不同意，但我以为，见到一种差异，就以为这里有优劣之分，这是一种市侩心理——生为一个女人，好像占了很多便宜。当然，要按这个标准，中国人里市侩更多，他们死乞白赖地想要男孩，并且觉得这样能占到便宜。将来人类很可能只剩下一种性别——男或女。这时候的人知道过去人有性别之分，就会不胜痛惜，并且说：我们的祖先是些市侩。当然，在我们这里，有些女人有激进女权主义者的风貌，中国话叫作"气管炎"。我个人认为，"气管炎"不是中国女性风范的杰出代表。我总是从审美的角度，而不是从势利的角度来看世界，而且觉得自己是个市侩——当然，这一点还要别人来评判。

西方女权主义者认为，性之于女权主义理论，正如劳动之于马克思的理论一样重要。这个观点中国人看来很是意外。再过一些年，中国人就会体会到这种说法的含义，现在的潮流正把女人逐渐地往性这个圈子里套。性对于人来说，是很重要的。但是单方面地要求妇女，就很不平等。西方妇女以为自己在这个圈子里丧失了尊严，这是有道理的。但回过头去看看"文化革命"里，中国的妇女和男人除了头发长几寸，就没有了区别，尊严倒是有的，只可惜了无生趣。自由女权主义者认为，男人也该来取悦妇女，这样就恢复了妇女的尊严。假如你不同意这个观点，就要在毫无尊严和了无生趣里选一种了。作为男子，我宁愿自己多打扮，希望这样有助于妇女的尊严，也不愿看到妇女再变成一片蓝蚂蚁。当然，按激进女权的观点，这还远算不上有了弃暗投明的决心，真正有决心应该去做变性手术，起码把自己阉掉。

我太太现在对后现代女权主义理论着了迷。这种理论总想对性别问题提供一种全新的解读方式。我很同意地说，以往的人对性别问题理解得不对——亘古以来，人类在性和性别问题上就没有平常心，开头有点假模假式，后来就有点五迷三道，最后干脆是不三不四，或者是蛮横无理——这些错误主要是男人犯的——这是我对这个问题的看法，但和后现代女权理论没有丝毫的相近之处。那些哲学家、福科的女弟子们，她们对此有着一套远为复杂和深奥的解读方法。我正盼着从中学到一点东西，但还没有学会。

作为一个男人，我同意自由女权主义，并且觉得这就够了。从这种认同里，我能获得一点平常心，并向其他男人推荐这种想法。我承认男人和女人很不同，但这种差异并不意味着别的：既不意味着某个性别的人比另一种性别的人优越，也不意味着某种性别的人比另一种性别的人高明。一个女孩子来到人世间，应该像男孩一样,有权利寻求她所要的一切。假如她所得到的正是她所要的,那就是最好的——假如我是她的父亲,我也别无所求了。

＊载于 1995 年第 12 期《健康世界》杂志。

男人眼中的女性美

从男人的角度谈女人的外在美，这个题目真没什么可说的。这是一个简单的、绝对的命题。从远了说，海伦之美引起了特洛伊战争；从近了说，玛丽莲·梦露之美曾经风靡美国。一个男人，只要他视力没有大毛病，就都能欣赏女人的美。因为大家都有这种能力，所以这件事常被人用来打比方——孟夫子就喜欢用"目之于色也有同美焉"这个例子来说明大家可以有一致的意见，很显然，他觉得这样一说大家就会明白。谁都喜欢看见好看一点的女人，这一点在男人中间可说是不言自明的。假如还有什么争议，那是在女人中间，绝不是在男人中间。

当年玛丽莲·梦露的三围从上面数，好像是三十四、二十二、三十四（英寸）。有位太太看这个小妖精太讨厌，就自己掏钱买了一套内衣给她寄去，尺寸是二十二、三十四、二十二，让她按这个尺寸练练，煞煞男人的火。据我所知，梦露小姐没有接受她的意见。这是说到身材，还没说到化妆不化妆、打扮不打扮。这类题目只有在女人杂志上才是中心议题，我所认识的男人在这方面都有一颗平常心，也就是说，见到好看的女人就多看一眼，见到不好看的就少看一眼，仅此而已。多看一眼和少看一眼都没什么严重性。所以我认为，在我们这里，这问题在女人中比在男人中敏感。

大贤罗素曾说：人人理应生来平等。但很可惜，事实不是这样。有人生来漂亮，有人生来就不漂亮。与男人相比，女人更觉得自己是这种不平等的牺牲品。至于如何来消除这种不平等，就有各种解决的办法。给梦露小姐寄内衣的那位太太就提出了一种解法，假设那套内衣是她本人穿的，这就意味着请梦露向她看齐；假如这个办法被普遍地采用，那么男人会成为真正的牺牲品。

在国外可以看到另一种解决不平等的方法，那里年轻漂亮的小姐们不怎么化妆，倒是中老年妇女总是要化点妆。这样从总体上看，大家都相当漂亮。另外，年轻、健康，这本身就是最美丽的，用不着用化妆品来掩盖它。我觉得这样做有相当的合理性。国内的情况则相反，越是年轻漂亮的小姐越要化妆，上点岁数的就破罐破摔，蓬头垢面——我以为这是不好的。

假如有一位妇女修饰得恰到好处地出现在我面前，我是很高兴的。这说明她在乎我对她的看法，对我来说是一种尊重。但若修饰不得法，就是一种灾难。几年前，我到北方一座城市出差，看到当地的小姐们都化妆，涂很重的粉，但那种粉颜色有点发蓝，走在阳光灿烂的大街上尚称好看，走到了暗处就让人想起了戏台上的窦尔敦。另外，当地的小姐都穿一种针织超短裙，大概此种裙子很是新潮，但有一处弊病，就是会朝上收缩，走在街上裙子就会呈现一种倒马鞍形。于是常能看到有些很可爱的妇女走在当街叉开腿站下来，用手抓住裙子的下摆往下拉——那情景实在可怕。所以我建议女同志们在选购时装和化妆品时要多用些心，否则穿得随便一点，不化妆会更好一点。

对于妇女在外貌方面的焦虑情绪，男人的平常心是一副解毒剂。另外，还该提到女权主义者的看法，她们说：我们干嘛要给男人打扮？这话有些道理，也有点过激。假如修饰自己意味着尊重对方，还是打扮一下好。

中国知识分子与中古遗风

一、谁是知识分子

我到现在还不确切知道什么人算是知识分子，什么人不算。插队的时候，军代表就说过我是"小资产阶级知识分子"。那一年我只有十七岁，上过六年小学，粗识些文字，所以觉得"知识分子"这四个字受之有愧。顺便说一句，"小资产"这三个字也受之有愧，我们家里吃的是公家饭，连家具都是公家的，又没有在家门口摆摊卖香烟，何来"小资产"？至于说到我作为一个人，理应属于某一个阶级，我倒是不致反对，但到现在我也不知道"知识青年"算什么阶级。假如硬要比靠，我以为应当算是流氓无产者之类。这些已经扯得太远了。我们国家总以受过某种程度的教育为尺度来界定知识分子，外国人却不是这样想的。我在美国留学时，和老美交流过，他们认为工程师、牙医之类的人，只能算是专业人员，不算知识分子；知识分子应该是在大学或者研究部门供职，不坐班也不挣大钱的那些人。照这个标准，中国还算有些知识分子。《纽约时报》有一次对知识分子下了个定义，我不敢引述，因为那个标准说到了要"批判社会"，照此中国就没有或是几乎没有知识分子。还有一个定义是在消闲刊物上看来的，我也不大敢信。照那个标准，知识分子全都住在纽约的格林威治村，愤世嫉俗，行为古怪，并且每个人都以为自己是世界上最后一个知识分子。所以我们还是该以有一份闲差或教职为尺度来界定现在的知识分子，以便比较。

如果到历史上去找知识分子，先秦诸子和古希腊的哲学家当然是知识分子，但是距离太遥远。到了中古，我们找到的知识分子的对应物就该是这样的：在中国，是一些进了县学或者州学的读书人，在等着参加科举的时候，能领到些米或者柴火；学官不时来考较一下，实在不通的要打一顿；等到中了科举当了官，恐怕就不能算是知识分子；所研究的学问，属于伦理学或者道德哲学之类。而在欧洲，是些教士或修道士，通晓拉丁文，打一辈子光棍，万一打熬不住，搞了同性恋，要被火烧死，研究的学问是神学，一个针尖上能立几个天使之类。虽然生活清苦，两边的知识分子都有远大的理想。这边以天下为己任，不亦重乎？那边立志献身于上帝，不亦高尚乎？当然，两边都出了些好人物。咱们有关汉卿、曹雪芹，人家有哥白尼、布鲁诺，不说是平分秋色，起码是各有千秋。所以在中古时中外知识分子很是相像。到了近代就不像了。

二、中国的知识分子的中古遗风

现代中国的知识分子，相比之下中古的遗风多些，首先表现在受约束上。试举一例，有一位柯老说过，知识分子两大特点，一是懒，二是贱……三天不打，尾巴就翘到天上去了。他老人家显出了学官的嘴脸。前几天我在电视剧《针眼儿胡同》里听见一位派出所所长也说了类似的话，此后我一直等待正式道歉，还没等到。顺便说说，当年军代表硬要拿我算个知识分子，也是要收拾我。此种事实说明，中国知识分子的屁股离学官的板子还不太远。而外国的例子是有一位赫赫有名的福科，颇有古希腊的遗风，是公开的同性恋者，未听说法国人要拿他点天灯。

不管怎么说，中外知识分子还是做着一样的事，只是做法不同——否则也不能都被叫作知识分子——这就是做自己的学问和关注社会。做学问的方面，大家心里有数，我就不加评论了。至于关注社会，简直是一目了然——关心的方式大不相同。中国知识分子关注社会的伦理道德，经常赤膊上阵，论说是非；而外国的知识分子则是以科学为基点，关注人类的未来，就是讨论道德问题，也是以理性为基础来讨论。弗罗姆、马尔库塞的书，国内都有译本，大家看看就明白了。人家那里热衷于伦理道德的，主要是些教士，还有一些是家庭妇女（我听说美国一些抵制色情协会都是家庭妇女在牵头——可能以偏概全之处）。我敢说大学教授站在讲坛上，断断不会这样说：你们这些罪人，快忏悔罢……这与身份不符。因为口沫飞溅，对别人大做价值评判，层次很低。教皇本人都不这样，我在电视上看到过他，笑眯眯的，说话很和气，遇到难以教化的人，就说：我为你祷告，求上帝启示于你——比之我国某位作家动不动就"警告×××"，真有天壤之别。据我所知，教皇博学多识，我真想把他也算个知识分子，就怕他不乐意当。

我国知识分子在讨论社会问题时，常说的一件事就是别人太无知。举例言之，我在海外求学时，在《人民日报》（海外版）上看到了一篇文章，说现在大学生水平太低，连"郭鲁茅巴"都不知道，我登时就如吃了一闷棍。我想这是个蒙古人，不知为什么我该知道他。想到了半夜才想出来，原来他是郭沫若、鲁迅、茅盾、巴金四位先生。一般来说，知识的多寡是个客观的标准，但把自编的黑话也列入知识的范畴，就难说有多客观了。现在中学生不知道李远哲也是个罪名——据我所知，学化学的研究生也未必能学到李先生的理论；他们还有个罪名是"追星族"，鬼迷心窍，连杨振宁、李政道、李四光是谁都不知道。据我所知，这三位先生的学问实在高深，中学生根本不该懂，不知道学问，死记些名字，有何必要？更何况记下这些名字之后屈指一算，多一半都入了美国籍，这是给孩子灌输些什么？还有一个爱说的话题就是别人"格调低下"，我以为这句话的意思是说："兄弟我格调甚高，不是俗人！"我在一篇匈牙利小说里看到过这种腔调，小说的题目叫《会说话的猪》。总的来说，这类文章的要点是说别人都不够好，最后呼吁要大大提高全社会的道德水平，否则就要国将不国。这种挑别人毛病的文章，国外的报刊上也有。只是挑出的毛病比较靠谱，而且没有借着贬别人来抬自己。如果把道德伦理的功能概括为批判和建设两个方面，以上所说的属于批判方面。我不认为这是批判社会——这是批判人。知识分子的批判火力对两类人最为猛烈：一类是在校学生，尤其是中学生；另一类是踩着地雷断了腿的同类。这道理很明白——别人咱也惹不起。

现在该说说建设的方面了。这些年来，大家蜂拥而上赞美过的正面形象，也就是电视剧《渴望》里面的一位妇女。该妇女除了长得漂亮之外，还像是封建时期一个完美的小媳妇。当然，大伙是从后一个方面，而不是前一个方面来赞美她；这也是中古的遗风。不过，要旌表一个戏中人，这可太古怪了。我们知识分子的正面形象则是：谢绝了国外的高薪聘请，回国服务。想要崇高，首先要搞到一份高薪聘请，以便拒绝掉，这也太难为人了；在知识分子里也没有普遍意义。所以，除了树立形象，还该树立个森严的道德体系，把大家都纳入体系。从道德上说事，就人人都能被说着了。

所谓道德体系，是价值观念里跟人有关的部分。有人说它森严点好，有人说它松散点好，我都没有意见。主要的问题是，价值观念不是某个人能造出来的（人类学上有些说法，难以一一引述），道德体系也不是说立哪个就能立起哪个。就说儒家的道德体系罢，虽然是孔孟把它造了出来，要不是大一统的中央帝国拿它有用，恐怕早被人忘掉了。现在的知识分子想造道德体系，关上门就可以造。造出来人家用不用，那就是另一回事了，我们当然可以潜心于伦理学、道德哲学，营造一批道德体系，供社会挑选，或是向社会推荐——但是这件事也没见有人干。当年冯定老先生就栽在这上面，所以现在的知识分子都学乖了，只管呼吁不管干，并且善用一种无主句："要如何如何"。此种句式来源于圣经《创世记》："上帝说，要有光，于是有了光。"真是气魄宏伟。上帝的句式，首长用用还差不多。咱们用也就是跟着起哄罢了。

现在可以说说中国现代知识分子的中古遗风是什么了。他既不像远古的中国知识分子（如孔孟、杨朱、墨子）那样建立道德体系，也不像现代欧美知识分子跨价值观的立论（价值中立）。最爱干的事是拿着已有的道德体系说别人，如前所述，这正是中古的遗风。倒霉的是，在社会转型时期，已有的道德体系不完备，自己都说不清；于是就哀叹：人心不古，世道浇漓，道德武器船不坚、炮不利，造新船新炮又不敢。其实可以把开船打炮的事交给别人干——但咱们又怕失业。当然，知识分子也是社会的一分子，也该有公民热情，针砭时弊也是知识分子该干的事；不过出于公民热情去做事时，是以公民的身份，而非知识分子的身份，和大家完全平等。这个地位咱们又接受不了，非要有点知识分子特色不可。照我看这个特色就是中古特色。

三、中国知识分子该不该放弃中古遗风

现在中国知识分子在关注社会时，批判找不着目标，颂扬也找不着目标，只一件事找得着目标：呼吁速将大任降给我们，这大任乃是我们维护价值体系的责任，没有它我们就丧失了存在的意义。要论价值体系的形成，从自然地理到生活方式都有一份作用，其功能也是关系到每一个人，维护也好，变革也罢，总不能光知识分子说了算哪。要社会把这份责任全交给你，得有个理由。总不能说我除了这件事之外旁的干不来罢？凭我妙笔生花，词儿多？那就是把别人当傻子了。凭我是个好人？这话人人会说，故而不能认真对待。我知道有人很想说，历史上就是我们负这责任。这不是个道理，历史上男子可以三妻四妾，妇女还裹脚哪，咱们可别讲出这种糊涂油蒙了心的话来找挨骂。再说，拉着历史车轮逆转，咱们这些人是拉不动的。说来说去，只能说凭我清楚明白。

那么我只能凭思维能力来负这份责任，说那些说得清的事；把那些说不清的事，交付给公论。现代的欧美知识分子就是这么讨论社会问题：从人类的立场，从科学的立场，从理性的立场，把价值的立场剩给别人。咱们能不能学会？

　　最后说说中国知识分子的传统。当然，他有"士"的传统。有人说，他先天下之忧而忧，后天下之乐而乐（悲观主义者？），有人说，他以天下为己任（国际主义者？），我看都不典型。最典型的是他自以为道德清高（士有百行），地位崇高（四民之首），有资格教训别人（教化于民）。这就是说，我们是这样看自己的。问题是别人怎样看我们。我所见到的事，实属可怜，"脱裤子割尾巴"地混了这么多年，才混到工人阶级队伍里，可谓"心比天高，命比纸薄"！在这种情况下，我建议咱们把"士"的传统忘掉为好，因为不肯忘就是做白日梦了。如果我们讨论社会问题，就讲硬道理：有什么事，我知道，别人还不知道；或者有什么复杂的问题，我想通了，别人想不通。也就是说，按现代的标准来表现知识分子的能力。这样虽然缺少了中国特色，但也未见得不好。

　　* 载于 1994 年第 3 期《东方》杂志，题为"中国知识分子该不该放弃中古遗风"。

知识分子的不幸

　　乔叟《坎特伯雷故事集》里，有这样一个故事，有位武士犯了重罪，国王把他交给王后处置。王后命他回答一个问题：什么是女人最大的心愿？这位武士当场答不上来，王后给了他一个期限，到期再答不上来，就砍他的脑袋。于是，这位武士走遍天涯去寻求答案。最后终于找到了，保住了自己的头；假如找不到，也就不成其为故事。据说这个答案经全体贵妇讨论，一致认为正确，就是："女人最大的心愿就是有人爱她。"要是在今天，女权主义者可能会有不同看法，但在中世纪，这答案就可以得满分啦。

　　我也有一个问题，是这样的：什么是知识分子最害怕的事？而且我也有答案，自以为经得起全球知识分子的质疑，那就是："知识分子最怕活在不理智的年代。"所谓不理智的年代，就是伽利略低头认罪，承认地球不转的年代，也是拉瓦锡上断头台的年代；

是茨威格服毒自杀的年代，也是老舍跳进太平湖的年代。我认为，知识分子的长处只是会以理服人，假如不讲理，他就没有长处，只有短处，活着没意思，不如死掉。丹麦王子哈姆雷特说：活着呢，还是死去，这是问题。但知识分子赶上这么个年代，死活不是问题。最大的问题是：这个倒霉的年头何时过去。假如能赶上这年头过去，就活着；赶不上了就犯不着再拖下去。老舍先生自杀的年代，我已经懂事了，认识不少知识分子。虽然我当时是个孩子，但嘴很严，所以也是他们谈话的对象。（就我所知，他们最关心的正是赶得上赶不上的问题。在那年头死掉的知识分子，只要不是被杀，准是觉得赶不上好年头了。）而活下来的准觉得自己还能赶上——当然，被改造好了、不再是知识分子的人不在此列。因此我对自己的答案颇有信心，敢拿这事和天下人打赌，知识分子最大的不幸，就是这种不理智。

　　下一个问题是：我们所说的不理智，到底是因何而起？对此我有个答案，但不愿为此打赌，主要是怕对方输了赖帐：此种不理智，总是起源于价值观或信仰的领域。不很久以前，有位外国小说家还因作品冒犯了某种信仰，被下了决杀令，只好隐姓埋名躲起来。不管此种宗教的信仰者怎么看，我总以为，因为某人写小说就杀了他是不理智的。所幸这道命令已被取消，这位小说家又可以出来角逐布克奖了。对于这世界上的各种信仰，我并无偏见，对有坚定信仰的人我还很佩服，但我不得不指出，狂信会导致偏执和不理智。有一篇歌词，很有点说明意义：

> 跨过大海，尸浮海面，
> 跨过高山，尸横遍野，
> 为天皇捐躯，
> 视死如归。

这是一首日本军歌的歌词，从中不难看出，对天皇的狂信导致了最不理智的死亡欲望。一位知识分子对歌中唱到的风景，除了痛心疾首，不应再有其他评价。还有一支出于狂信的歌曲，歌词如下：

> 无产阶级文化大革命，
> 就是好！
> 就是好来就是好啊，
> 就是好！……

这四个"就是好"，无疑根绝了讲任何道理的可能性。因为狂信，人就不想讲理。我个人以为，无理可讲比尸横遍野更糟；而且，只要到了无理可讲的地步，肯定也要尸横遍野。"文化革命"里就死人不少，还造成了全民知识水平的大倒退。

当然，信仰并不是总要导致狂信，它也不总是导致不理智。全无信仰的人往往不堪信任，在我们现在的社会里，无信仰无价值的人正给社会制造麻烦，谁也不能视而不见。十年前，我在美国，和我的老师讨论这个问题，他说：对一般人来说，有信仰比无信仰要好。起初我不赞成，后来还是被他说服了。

十年前我在美国，适逢里根政府要通过一个法案，要求所有的中小学在课间安排一段时间，让所有的孩子在教师的带领下一起祷告。因为想起了"文化革命"里的早请示，我听了就摇头，险些把脑袋摇了下来。我老师说：这件事你可以不同意，但不要这样嗤之以鼻——没你想的那么糟。政府没有强求大家祈祷新教的上帝。佛教孩子可以念阿弥陀佛，伊斯兰教的孩子可以祷告真主，中国孩子也可以想想天地祖宗——各自向自己的神祈祷，这没什么不好。但我还是要摇头。我老师又说：不要光想你自己！十几岁的孩子总不会是知识分子罢。就算他是无神论者，也可以在祷告时间反省一下自己的所作所为。这种道理说服了我，止住了我的摇头疯：不管是信神，还是自珍自重，人活在世界上总得有点信念才成。就我个人而言，虽是无神论者，对于无限广阔的未知世界，多少还有点猜测；我也有个人的操守，从不逾矩，其依据也不是人人都能接受的，所以也是一种信念。从这个意义上说，我理应不反对别人信神、信祖宗，或者信天命——只要信得不过分。在学校里安排段祈祷的时间，让小孩子保持虔诚的心境，这的确不是坏主意——当时我是这样想，现在我又改主意了。

时隔十年，再来考虑信仰问题，我忽然发现，任何一种信仰，包括我的信仰在内，如果被滥用，都可以成为打人的棍子、迫害别人的工具。渎神是罪名，反民族反传统、目无祖宗都是罪名。只要你能举出一种可以狂信而无丧失理智危险的信仰，无须再说它有其他的好处，我马上就皈依它——这种好处比其他所有好处加起来，都要大得多啊。

现在，有这样一种信仰摆在了我们面前。请相信，对于它的全部说明，我都考虑过了。它有很多好处：它是民族的、传统的、中庸的、自然的、先进的、唯一可行的；论说都很充分。但我不以为它可以保证自己不是打人的棍子，理由很简单，它本身就包括了很多大帽子，其分量足以使人颈骨折断：反民族、反传统、反中庸、反自然……尤其是头两顶帽子，分量简直是一目了然的。就连当初提倡它的余英时先生，看到我们这里附和者日众，也犯起嘀咕来了。最近他在《二十一世纪》杂志上著文，提出了反对煽动民族狂热的问题。在我看来，就是因为看到了第一顶帽子的分量。金庸先生小说里曾言："武林至尊，宝刀屠龙；号令天下，莫敢不从！"民族狂热就是把屠龙刀啊。余先生不肯铸出宝刀，再倒持太阿，以柄授人——这证明了我对海外华人学者一贯的看法：人家不但学术上有长处，对于切身利害也很惊警，借用打麻将的术语，叫作"门儿清"！

至于国内的学者，门儿清就不是他们的长处。有学者说，我们搞的是学术研究，不是搞意识形态——嘿，这由得了你吗？有朝一日它成了意识形态，你的话就是罪状：胆敢把我们民族伟大的精神遗产扣押在书斋里，不让它和广大群众见面！我敢打赌，甚至敢赌十块钱：到了这有朝一日，整他准比整我还厉害。

说到信仰，我和我老师有种本质的不同。他老人家是基督徒，又对儒学击节赞赏；他告诉我说，只要身体条件许可，他每年都要去趟以色列——他对犹太教也有兴趣；至于割没割包皮，因为没有和他老人家同浴的机会，我不知道。但我知道，他是一个信仰的爱好者。我相信他对我的看法是：可恨的无神论者，马基雅弗利分子。我并不以此为耻。说到马基雅弗利，一般人都急于和他划清界线，因为他胆敢把道义、信仰全抛开，赤裸裸地谈到利害；但是真正的知识分子对他的评价不低，赤裸裸地谈利害，就接近于理智。但我还是不当马基雅弗利分子——我是墨子的门徒，这样把自己划在本民族的圈子里面，主要是想防个万一。顺便说一句，我老师学问很大，但很天真；我学问很小，但老奸巨猾。对于这一点，他也佩服。用他的原话来说，是这样的：你们大陆来的同学，经历这一条，别人没法比啊。

我对墨子的崇拜有两大原因：其一，他思路缜密，有人说他发现了小孔成像——假如是真的，那就是发现了光的直线传播，比朱子只知阴阳二气强了一百多倍——只可惜没有完备的实验记录来证明。另外，他用微积分里较老的一种方法来论证无穷（实际是论兼爱是可能的。这种方法叫德尔塔－依伏赛语言），高明无比；在这方面，把孔孟程朱捆在一起都不是他的个儿。其二，他敢赤裸裸地谈利害。我最佩服他这后一点。但我不崇拜他兼爱无等差的思想，以为有滥情之嫌。不管怎么说，墨子很能壮我的胆。有了他，我也敢说自己是中华民族的赤诚分子，不怕国学家说我是全盘西化了。

作为墨子门徒，我认为理智是伦理的第一准则，理由是：它是一切知识分子的生命线。出于利害，它只能放到第一。当然，我对理智的定义是：它是对知识分子有益，而绝不是有害的性质——当然还可以有别的定义，但那些定义里一定要把我的定义包括在内。在古希腊，人最大的罪恶是在战争中砍倒橄榄树。在现代，知识分子最大的罪恶是建造关押自己的思想监狱。砍倒橄榄树是灭绝大地的丰饶，营造意识形态则是灭绝思想的丰饶；我觉得后一种罪过更大——没了橄榄油，顶多不吃色拉；没有思想人就要死了。信仰是重要的，但要从属于理性——如果这是不许可的，起码也该是鼎立之势。要是再不许可，还可以退而求其次——你搞你的意识形态，我不说话总是可以的罢。最糟的是某种偏激之见主宰了理性，聪明人想法子自己来害自己。我们所说的不幸，就从这里开始了。

中国的人文知识分子，有种以天下为己任的使命感，总觉得自己该搞出些给老百姓当信仰的东西。这种想法的古怪之处在于，他们不仅是想当牧师、想当神学家，还想当上帝（中国话不叫上帝，叫"圣人"）。可惜的是，老百姓该信什么，信到哪种程度，你说了并不算哪，这是令人遗憾的。还有一条不令人遗憾，但却要命：你自己也是老百姓；所以弄得不好，就会自己屙屎自己吃。中国的知识分子在这一节上从来就不明白，所以常常会害到自己。在这方面我有个例子，只是想形象说明一下什么叫自己屙屎自己吃，没有其他寓意：我有位世伯，"文化革命"前是工读学校的校长，总拿二十四孝为教本，教学生说，百善孝为先，从老莱娱亲、郭巨埋儿，一路讲到卧冰求鱼。学生听得毛骨悚然，他还自以为得计。忽一日，来了"文化革命"，学生把他驱到冰上，说道：我们打听清楚了，你爸今儿病了，要吃鱼——脱了衣服，趴下罢，给我们表演一下卧冰求鱼——我世伯就此落下病根，健康全毁了。当然，学生都是混蛋，但我世伯也懊悔当初讲得太肉麻。假如不讲那些肉麻故事，挨揍也是免不了，但学生怎么也想不出这么绝的方法来作践他。他倒愿意在头上挨皮带，但岂可得乎……我总是说笑话来安慰他：你没给他们讲"割股疗亲"，就该说是不幸之中的大幸，要不然，学生片了你，岂不更坏？但他听了不觉得可笑。时至今日，一听到二十四孝，他就浑身起鸡皮疙瘩。

我对国学的看法是：这种东西实在厉害。最可怕之处就在那个"国"字。顶着这个字，谁还敢有不同意见？这种套子套上脖子，想把它再扯下来是枉然的；否则也不至于套了好几千年。它的诱人之处也在这个"国"字，抢到这个制高点，就可以压制一切不同意见；所以它对一切想在思想领域里巧取豪夺的不良分子都有莫大的诱惑力。你说它是史学也好，哲学也罢，我都不反对——倘若此文对正经史学家哲学家有了得罪之处，我深表歉意——但你不该否认它有成为棍子的潜力。想当年，像姚文元之类的思想流氓拿阶级斗争当棍子，打死打伤了无数人。现在有人又在造一根漂亮棍子。它实在太漂亮了，简直是完美无缺。我怀疑除了落进思想流氓手中变成一种凶器之外，它还能有什么用场。鉴于有这种危险，我建议大家都不要做上帝梦，也别做圣人梦，以免头上鲜血淋漓。

对于什么叫美好道德、什么叫善良，我有个最本分的考虑：认真地思索，真诚地明辨是非，有这种态度，大概就可算是善良罢。说具体些，如罗素所说，不计成败利钝地追求客观真理，这该是种美德？知识本身该算一种善罢？科学知识分子说这就够了，人文知识分子却来扳杠。他们说，这种朴素的善恶观，造成了多少罪孽！现代的科技文明使人类迷失了方向，科学又造出了毁灭世界的武器。好罢，这些说法也对。可是翻过来看看，人文知识分子又给思想流氓们造了多少凶器、多少混淆是非的烟雾弹！翻过来倒过去，没有一种知识分子是清白无辜的。所以我建议把看不清楚的事撇开，就从知识分子本身的利害来考虑问题——从这种利害出发，考虑我们该有何种道德、何种信念。至于该给老百姓（包括我们自己在内）灌输些什么，最好让领导上去考虑。我觉得领导上办这些事能行，用不着别人帮忙。

作为一个知识分子，我对信念的看法是：人活在世上，自会形成信念。对我本人来说，学习自然科学、阅读文学作品、看人文科学的书籍，乃至旅行、恋爱，无不有助于形成我的信念，构造我的价值观。一种学问、一本书，假如不对我的价值观发生作用（姑不论其大小，我要求它是有作用的），就不值得一学，不值得一看。有一个公开的秘密就是：任何一个知识分子，只要他有了成就，就会形成自己的哲学、自己的信念。托尔斯泰是这样，维纳也是这样。到目前为止，我还看不出自己有要死的迹象，所以不想最终皈依什么——这块地方我给自己留着，它将是我一生事业的终结之处，我的精神墓地。不断地学习和追求，这可是人生在世最有趣的事啊，要把这件趣事从生活中去掉，倒不如把我给阉了……你有种美好的信念，我很尊重，但要硬塞给我，我就不那么乐意。打个粗俗的比方，你的爸爸不能代替我的爸爸，更不能代替天下人的爸爸啊。这种看法会遭到反对，你会说：有些人就是笨，老也形不成信念，也管不了自己，就这么浑浑噩噩地活着，简直是种灾难！所以，必须有种普遍适用的信念，我们给它加点压力，灌到他们脑子里！你倒说说看，这再不叫意识形态，什么叫意识形态？假如你像我老师那么门儿清，我也不至于把脑袋摇掉，但还是要说：不是所有的人都那么笨，总要留点余地呀。再说，到底要灌谁？用多大压力？只灌别人，还是连你在内？灌来灌去，可别都灌傻了呀。在科技发达的二十一世纪，你给咱们闹出一窝十几亿傻人，怎么个过法嘛……

* 载于 1996 年第 2 期《东方》杂志。

警惕狭隘民族主义的蛊惑宣传

罗素曾说，人活在世上，主要是在做两件事：一、改变物体的位置和形状；二、支使别人这样干。这种概括的魅力在于简单，但未必全面。举例来说，一位象棋国手知道自己的毕生事业只是改变棋子的位置，肯定会感到忧伤；而知识分子听人说自己干的事不过是用墨水和油墨来污损纸张，那就不仅是沮丧，他还会对说这话的人表示反感。我靠写作为生，对这种概括就不大满意：我的文章有人看了喜欢，有人看了愤怒，不能说是没有意义的……但话又说回来，喜欢也罢，愤怒也罢，终归是情绪，是虚无缥缈的东西。我还可以说，写作的人是文化的缔造者，文化的影响直至千秋万代——可惜现在我说不出这种影响是怎样的。好在有种东西见效很快，它的力量又没有人敢于怀疑：知识分子还可以做蛊惑宣传，这可是种厉害东西……

在第二次世界大战里，德国人干了很多坏事，弄得他们自己都不好意思了。有个德国将军蒂佩尔斯基这样为自己的民族辩解：德国人民是无罪的，他们受到希特勒、戈培尔之流蛊惑宣传的左右，自己都不知道自己在干什么。还有人给希特勒所著《我的奋斗》做了一番统计，发现其中每个字都害死了若干人。德国人在二战中的一切劣迹都要归罪于希特勒在坐监狱时写的那本破书——我有点怀疑这样说是不是很客观，但我毫不怀疑这种说法里含有一些合理的成分。总而言之，人做一件事有三种办法，就以希特勒想干的事为例，首先，他可以自己动手去干，这样他就是个普通的纳粹士兵，为害十分有限；其次，他可以支使别人去干，这样他只是个纳粹军官；最后，他可以做蛊惑宣传，把德国人弄得疯不疯、傻不傻的，一齐去干坏事，这样他就是个纳粹思想家了。

说来也怪，自苏格拉底以降，多少知识分子拿自己的正派学问教人，都没人听，偏偏纳粹的异端邪说有人信，这真叫邪了门。罗素、波普这样的大学问家对纳粹意识形态的一些成分发表过意见，精彩归精彩，还是说不清它力量何在。事有凑巧，我是在一种蛊惑宣传里长大的（我指的是张春桥、姚文元的蛊惑宣传），对它有点感性知识，也许我的意见能补大学问家的不足……这样的感性知识，读者也是有的。我说得对不对，大家可以评判。

据我所知，蛊惑宣传不是真话——否则它就不叫作蛊惑——但它也不是蓄意编造的假话。编出来的东西是很谷易识破的。这种宣传本身半疯不傻，做这种宣传的人则是一副借酒撒疯、假痴不癫的样子。肖斯塔科维奇在回忆录里说，旧俄国有种疯僧，被狂热的信念左右，信口雌黄，但是人见人怕，他说的话别人也不敢全然不信——就是这种人搞蛊惑宣传能够成功。半疯不傻的话，只有从借酒撒疯的人嘴里说出来才有人信。假如我说"宁要社会主义的草，不要资本主义的苗"，不仅没人信，老农民还要揍我；非得像江青女士那样，用更年期高亢的啸叫声说出来，或者像姚文元先生那样，带着怪诞的傻笑说出来，才会有人信。要搞蛊惑宣传，必须有种什么东西盖着脸（对醉汉来说，这种东西是酒），所以我说这种人是在借酒撒疯。顺便说一句，这种状态和青年知识分子意气风发的狷狂之态有点分不清楚。虽然夫子曾曰"不得中行而与之，必也狂狷乎"，但我总觉得那种状态不宜提倡。

其次，蛊惑宣传必定可以给一些人带来快感，纳粹的千年帝国之说，肯定有些德国人爱听；"文革"里跑步进入共产主义之说，又能迎合一部分急功近利的人。当然，这种快感肯定是种虚妄的东西，没有任何现实的基础。这道理很简单，要想获得现实的快乐，总要有物质基础，嘴说是说不出来的：哪怕你想找个干净厕所享受排泄的乐趣，还要付两毛钱呢，都找宣传家去要，他肯定拿不出。最简单的做法是煽动一种仇恨，鼓励大家去仇恨一些人、残害一些人，比如宣扬狭隘的民族情绪，这可以迎合人们野蛮的劣根性。煽动仇恨、杀戮，乃至灭绝外民族，都不要花费什么。煽动家们只能用这种方法给大众提供现实的快乐，因为这是唯一可行的方法——假如有无害的方法，想必他们也会用的。我们应该体谅蛊惑宣传家，他们也是没办法。

最后，蛊惑宣传虽是少数狂热分子的事业，但它能够得逞，却是因为正派人士的宽容。群众被煽动起来之后，有一种惊人的力量。有些还有正常思维能力的人希望这种力量可以做好事，就宽容它——纳粹在德国初起时，有不少德国人对它是抱有幻想的，但等到这种非理性的狂潮成了气候，他们后悔也晚了。"文革"初起时，我在学校里，有不少老师还在积极地帮着发动"文革"哩，等皮带敲到自己脑袋上时，他们连后悔都不敢了。根据我的生活经验，在中国这个地方，有些人喜欢受蛊惑宣传时那种快感；有些人则崇拜蛊惑宣传的力量，虽然吃够了蛊惑宣传的苦头，但对蛊惑宣传不生反感；不唯如此，有些人还像瘾君子盼毒品一样，渴望着新的蛊惑宣传。目前，有些年轻人的抱负似乎就是要炮制一轮新的蛊惑宣传——难道大家真的不明白蛊惑宣传是种祸国殃民的东西？在这种情况下，我的抱负只能是反对蛊惑宣传。我别无选择。

* 载于 1996 年第 22 期《三联生活周刊》杂志，题为"蛊惑与快感"。

优越感种种

我在美国留学时，认识不少犹太人——教授里有犹太人，同学里也有犹太人。我和他们处得不坏，但在他们面前总有点不自在。这是因为犹太教说，犹太人是上帝的选民；换言之，只有他们可以上天堂，或者是有进天堂的优先权，别人则大抵都是要下地狱的。我和一位犹太同学看起来都是一样的人，可以平等相交，但也只是今生今世的事。死了以后就会完全两样：他因为是上帝的选民，必然直升天堂；而我则未被选中，所以是地狱的后备力量。地狱这个地方我虽没去过，但从书上看到了一些，其中有些地方就和全聚德烤鸭店的厨房相仿。我到了那里，十之八九会像鸭子一样，被人吊起来烤——我并不确切知道，只是这样猜测。本来可以问问犹太同学，但我又不肯问，怕他以为我是求他利用自己选民的身份，替我在上帝面前美言几句，给我找个在地狱里烧锅炉的事干，自己不挨烤，点起火来烤别人——这虽是较好的安排，但我当时年轻气盛，傲得很，不肯走这种后门。我对犹太同学和老师抱有最赤诚的好感，认为他们既聪明，又勤奋；就是他们节俭的品行也对我的胃口：我本人就是个省俭的人。但一想到他们是选民，我不是选民，心里总有点不对劲。

我们民族的文化里也有这一类的东西：以天朝大国自居，把外国人叫作"洋鬼子"。这虽是些没了味的老话，但它的影响还在。我有几位外国朋友，他们有时用自嘲的口气说：我是个洋鬼子。这就相当于我对犹太同学说：选民先生，我是只地狱里的烤鸭。讽刺意味甚浓。我很不喜欢听到这样的话——既不愿听到人说别人是鬼子，也不愿听人说自己是洋鬼子。相比之下，尤其不喜欢听人说别人是洋鬼子。这世界上各个民族都有自己的文化，这些文化都有特异性，就如每个人都与别人有些差异。人活在世上，看到了这些差异，就想要从中得出于己有利的结果。这虽是难以避免的偏执，但不大体面。我总觉得，这种想法不管披着多么深奥的学术外衣，终归是种浅薄的东西。

对于现世的人来说，与别人相较，大家都有些先天的特异性，有体质上的，也有文化上的。有件事情大家都知道：日耳曼人生来和别的人有些不同：黄头发、蓝眼睛、大高个儿等等。这种体质人类学上的差异被极个别的混帐日耳曼人抓住，就成了他们民族优越的证据，结果他们就做了很多伤天害理的事。犹太民族则是个相反的例子：他们相信自己是上帝的选民，但在尘世上一点坏事都不做。我喜欢犹太人,但我总觉得,倘他们不把选民这件事挂在心上,是不是会好些?假如三四十年代的欧洲犹太人忘了这件事,对自己在尘世上的遭遇可能会更关心些,对纳粹分子的欺凌可能会做出更有力的反抗:你也是人,我也是人,我凭什么伸着脖子让你来杀?我觉得有些被屠杀的犹太人可能对上帝指望得太多了一点——当然,我也希望这些被屠杀的人现在都在天堂里,因为有那么多犹太人被纳粹杀掉,我倒真心希望他们真是上帝的选民;即使此事一真,我这非选民就要当地狱里的烤鸭,我也愿做这种牺牲——这种指望恐怕没起好作用。这两个例子都与特异性有关。当然,假如有人笃信自己的特异性一定是好的,是优越、正义的象征,举一千个例子也说服不了他。我也不想说服谁,只是想要问问,成天说这个,有什么用?

还有些人对特异性做负面的理解。我知道这么个例子,是从人类学的教科书上看来的:在美国,有些黑人孩子对自己的种族有自卑感,觉得白孩子又聪明又好看,自己又笨又难看。中国人里也有崇洋媚外的,觉得自己的人种不行,文化也不行。这些想法是不对的。有人以为,说自己的特异性无比优越是唯一的出路,这又使我不懂了。人为什么一定用一件错事来反对另一件错事呢?除非人真是这么笨,只能懂得错的,不能懂得对的,但这又不是事实。某个民族的学者对本民族的人民做这种判断,无异是说本族人民是些傻瓜,只能明白次等的道理,不能懂得真正的道理,这才是民族虚无主义的想法。说来也怪，这种学者现在甚多，做出来的学问一半像科学，一半像宣传；整个儿像戈培尔。戈培尔就是这样的：他一面说日耳曼人优越，一面又把日耳曼人当傻瓜来愚弄。我认识一个德国人，一提起这段历史，他就觉得灰溜溜的见不得人。灰溜溜的原因不是怀疑本民族的善良，而是怀疑本民族的智慧："怎么会被纳粹疯子引入歧途了呢？那些人层次很低嘛。"这也是我们要引以为戒的啊。

* 载于 1996 年 8 月 2 日《南方周末》。

救世情结与白日梦

现在有一种"中华文明将拯救世界"的说法正在一些文化人中悄然兴起，这使我想起了我们年轻时的豪言壮语：我们要解放天下三分之二的受苦人，进而解放全人类。对于多数人来说，不过是说说而已，我倒有过实践这种豪言壮语的机会。一九七〇年，我在云南插队，离边境只有一步之遥，对面就是缅甸，只消步行半天，就可以过去参加缅共游击队。有不少同学已经过去了——我有个同班的女同学就过去了，这对我是个很大的刺激——我也考虑自己要不要过去。过去以后可以解放缅甸的受苦人，然后再去解放三分之二的其他部分；但我又觉得这件事有点不对头。有一夜，我抽了半条春城牌香烟，来考虑要不要过去，最后得出的结论是：不能去。理由是：我不认识这些受苦人，不知道他们在受何种苦，所以就不知道他们是否需要我的解救。尤其重要的是：人家并没有要求我去解放，这样贸然过去，未免自作多情。这样一来，我的理智就战胜了我的感情，没干这件傻事。

对我年轻时的品行，我的小学老师有句评价:蔫坏。这个"坏"字我是不承认的，但是"蔫"却是无可否认。我在课堂上从来一言不发，要是提问我，我就翻一阵白眼。像我这样的蔫人都有如此强烈的救世情结，别人就更不必说了。有一些同学到内蒙去插队，一心要把阶级斗争盖子揭开，解放当地在"内人党"迫害下的人民，搞得老百姓鸡犬不宁。其结果正如我一位同学说的:我们"非常招人恨"。至于到缅甸打仗的女同学，她最不愿提起这件事，一说到缅甸，她就说:不说这个好吗? 看来她在缅甸也没解放了谁。看来，不切实际的救世情结对别人毫无益处，但对自己还有点用——有消愁解闷之用。"文化革命"里流传着一首红卫兵诗歌《献给第三次世界大战的勇士》，写两个红卫兵为了解放全世界，打到了美国，"战友"为了掩护"我"，牺牲在"白宫华丽的台阶上"。这当然是瞎浪漫，不能当真:这样随便去攻打人家的总统官邸，势必要遭到美国人民的反对。由此可以得出这样的结论:解放的欲望可以分两种，一种是真解放，比如曼德拉、圣雄甘地和我国的革命先烈，他们是真正为了解放自己的人民而斗争。还有一种假解放，主要是想满足自己的情绪，硬要去解救一些人。这种解放我叫它瞎浪漫。

对丁瞎浪漫，我还能提供一个例子，是我十三岁时的事。当时我堕入了一阵哲学的思辨之中，开始考虑整个宇宙的前途，以及人生的意义，所以就变得木木痴痴；虽然功课还好，但这样子很不讨人喜欢。老师见我这样子，就批评我；见我又不像在听，就掐我几把。这位老师是女的，二十多岁，长得又漂亮，是我单恋的对象，但她又的确掐疼了我。这就使我陷入了爱恨交集之中，于是我就常做种古怪的白日梦，一会儿想象她掉进水里，被我救了出来；一会儿想到她掉到火里，又被我救了出来。我想这梦的前一半说明我恨她，后一半说明我爱她。我想老师还能原谅我的不敬：无论在哪个梦里，她都没被水呛了肺，也没被火烤糊，被我及时地抢救出来了——但我老师本人一定不乐意落入这些危险的境界。为了这种白日梦，我又被她多掐了很多下。我想这是应该的：瞎浪漫的解救，是一种意淫。学生对老师动这种念头，就该掐。针对个人的意淫虽然不雅，但像一回事。针对全世界的意淫，就不知让人说什么好了。

中国的儒士从来就以解天下于倒悬为己任，也不知是真想解救还是瞎浪漫。五十多年前，梁任公说，整个世界都要靠中国文化的精神去拯救，现在又有人旧话重提。这话和红卫兵的想法其实很相通。只是红卫兵只想动武，所以浪漫起来就冲到白宫门前，读书人有文化，就想到将来全世界变得无序，要靠中华文化来重建全球新秩序。诚然，这世界是有某种可能变得无序——它还有可能被某个小行星撞了呢——然后要靠东方文化来拯救。哪一种可能都是存在的，但是你总想让别人倒霉干啥？无非是要满足你的救世情结嘛。假如天下真的在"倒悬"中，你去解救，是好样的；现在还是正着的，非要在想象中把人家倒挂起来，以便解救之，这就是意淫。我不尊重这种想法。我只尊敬像已故的陈景润前辈那样的人。陈前辈只以解开哥德巴赫猜想为己任，虽然没有最后解决这个问题，但好歹做成了一些事。我自己的理想也就是写些好的小说，这件事我一直在做。李敖先生骂国民党，说他们手淫台湾，意淫大陆，这话我想借用一下，不管这件事我做成做不成，总比终日手淫中华文化，意淫全世界好得多罢。

* 载于 1996 年 8 月 23 日《南方周末》。

道德堕落与知识分子

看到《东方》杂志一期上王力雄先生的大作《渴望堕落》，觉得很有趣。我同意王先生的一些论点，但是在本质上，我站在王先生的对立面上，持反对王先生的态度。我喜欢王先生直言不讳的文风，只可惜那种严肃的笔调是我学不来的。

一、知识分子的罪名之一：亵渎神圣

如王先生所言，现在一些知识分子放弃了道德职守，摆脱了传统价值观念的束缚，正在"痞"下去，具体的表现是言语粗俗、放弃理想、厚颜无耻、亵渎神圣。我认为，知识分子的语言的确应当斯文些，关心的事情也该和大众有些区别。不过这些事对于知识分子只是末节，他真正的职责在于对科学和文化有所贡献；

而这种贡献不是仅从道德上可以评判的，甚至可以说，它和道德根本就不搭界。举例来说，达尔文先生在基督教社会里提出了进化论，所以有好多人说他不道德。我们作为旁观者，当然可以说：一个科学理论，你只能说它对不对，不能拿道德来评说。但假若你是个教士，必然要说达尔文亵渎神圣。鉴于这个情况，我认为满脑子神圣教条的人只宜做教士，不适于做知识分子，最起码不适于当一流的知识分子。

倘若有人说，对于科学家来说，科学就是神圣的，我也不同意。我的一位老师说过，中国人对于科学的认识，经历过若干个阶段。首先，视科学如洪水猛兽，故而砍电杆、毁铁路（义和团的作为）；继而视科学如巫术，以为学会几个法门，就可以船坚炮利；后来就视科学为神圣的宗教，拜倒在它面前。他老人家成为一位有成就的历史学家后，才体会到科学是个不断学习的过程。我认为他最后的体会是对的，对于每个知识分子而言，他毕生从事的事业，只能是个不断学习的过程，而不是顶礼膜拜。爱因斯坦身为物理学家，却不认为牛顿力学神圣，所以才有了相对论。这个例子说明，对于知识分子来说，知识不神圣——我们用的字眼是：真实、可信、完美，到此为止。而不是知识的东西更不神圣。所以，对一位知识分子的工作而言，亵渎神圣本身不是罪名，要看他有没有理由这样做。

二、知识分子罪名之二：厚颜无耻

另一个问题是知识分子应不应该比别人更知耻。过去在西方社会里，身为一个同性恋者是很可耻的，计算机科学的奠基人图林先生就是个同性恋者，败露后自杀了，死时正是有作为的年龄。据说柴可夫斯基也是这样死的。按王先生的标准，这该算知耻近勇罢。但我要是生于这两位先生的年代，并且认识他们，就会劝他们"无耻"地活下去。我这样做，是出于对科学和音乐的热爱。

在一个社会里，大众所信奉的价值观，是不是该成为知识分子的金科玉律呢？我认为这是可以存疑的。当年罗素先生在纽约教书，有学生问他对同性恋有何看法。他用他那颗伟大学者的头脑考虑后，回答了。这回答流传了出去，招来一个没甚文化的老太太告了他一状，说他诲盗诲淫，害得他老人家失了教席，灰头土脸地回英格兰去。这个故事说明的是：不能强求知识分子与一般人在价值观方面一致，这是向下拉齐。除了价值观的基本方面，知识分子的价值体系应该有点独特的地方。举例来说，画家画裸体模特，和小流氓爬女浴室窗户不可以等量齐观，虽然在表面上这两种行为有点像。

三、知识分子的其他罪名

王先生所举知识分子的罪名，多是从价值观或者道德方面来说的。我觉得多少带点宋明理学或者宗教的气味。至于说知识分子言语粗俗，举的例子是电视片中的人物，或者电影明星。我以为这些人物不典型，是不是知识分子都有疑问。假如有老外问我，中国哪些人学识渊博、有独立见解，我说出影星、歌星的名字来，那我喝的肯定是不止二两啦。

现在有些知识分子下了海，引起了王先生很大的忧虑。其实下了海就不是知识分子了，还说人家干什么。我觉得知识分子就该是喜欢弄点学问的人，为此不得不受点穷，而非特意地喜欢熬穷。假如说安于清贫、安于住筒子楼、安于营养不良是好品格，恐怕是有点变态。所谓身体发肤，受之父母，和自己过不去，就是和爹娘过不去。再说，咱们还有妻子儿女。

王先生文章里提到的人物主要是作家，我举这些例子净是科学家，或许显得有点文不对题。作家也是知识分子，但是他们的事业透明度更大：字人人识，话人人懂（虽然意思未必懂），所以格外倒霉。我认为，在知识分子大家庭里，他们最值得同情，也最需要大家帮助。我听说有位老先生对贾平凹先生的《废都》有如下评价："国家将亡，必有妖孽。"不管贾先生这本书如何，老先生言重了。真正的妖孽是康生、姚文元之辈，只不过他们猖狂时来头甚大，谁也惹不起。将来咱们国家再出妖孽（我希望不要再出了），大概还是那种人物。像这样的话我们该攒着，见到那种人再说。

科学家维纳认为，人在做两种不同性质的事，一类如棋手，成败由他的最坏状态决定，也就是说，一局里只要犯了错误就全完了。还有一类如发明家，只要有一天状态好，做成了发明，就成功了，在此之前犯多少次糊涂都可以。贾先生从事的是后一类工作，就算《废都》没写好，将来还可以写出好书。这样看问题，才是知识分子对待知识分子的态度。王先生说，知识分子会腐化社会，我认为是对的，姚文元也算个知识分子，却喜欢咬别的知识分子，带动了大家互相咬，弄得大家都像野狗。他就是这样腐化了社会。

四、知识分子的真实罪孽

如果让我来说中国知识分子的罪状，我也能举出一堆：同类相残（文人相轻）、内心压抑、口是心非……不过这样说话是不对的。首先，不该对别人滥做价值判断。其次，说话要有凭据。所以，我不能说这样的话。我认为中国的知识分子只在一个方面有欠缺：

他们的工作缺少成绩，尤其是缺少一流的成果。以人口比例来算，现代一切科学文化的成果，就该有四分之一出在中国。实际上远达不到这个比例。学术界就是这样的局面，所以我们劝年轻人从事学术时总要说：要耐得住寂寞！好像劝寡妇守空房一样。除了家徒四壁，还有头脑里空空如也，这让人怎么个熬法嘛。

在文学方面，我同意王先生所说的，中国作家已经痞掉了，从语言到思想，不比大众高明。但说大家的人品有问题，我认为是不对的。没有杜拉斯，没有昆德拉，只有王朔的调侃小说。顺便说一句，我认为王朔的小说挺好看，但要说那就是"modern classic"，则是我万难接受、万难领会的。痞是不好的，但其根源不在道德上。真正的原因是贫乏。没有感性的天才，就不会有杜拉斯《情人》那样的杰作；没有犀利的解析，也就没有昆德拉。作家想要写出不同流俗之作，自己的头脑就要在感性和理性两方面再丰富些，而不是故作清高就能解决问题的。我国的作家朋友只要提高文学修养，还大有机会。就算遇到了挫折，还可以从头开始嘛。

五、知识分子该干什么？

王先生的文章里，我最不能同意的就是结尾的一段。他说，中国社会的精神结构已经千疮百孔，知识分子应司重建之责。这个结构是指道德体系罢。我还真没看见疮在哪里、孔在哪里。有些知识分子下了海,不过是挣几个小钱而已,还没创建"王安""苹果"那样的大公司呢,王先生就说我们"投机逐利"。文章没怎么写,就"厚颜无耻"。还有丧失人格、渴望堕落、出卖原则、亵渎神圣(这句话最怪,不知王先生信什么教)、藐视理想。倘若这些罪名一齐成立,也别等红卫兵、褐衫队来动手,大伙就一齐吊死了罢,别活着现眼。但是我相信,王先生只是顺嘴说说,并没把咱们看得那么坏。

最后说说知识分子该干什么。在我看来,知识分子可以干两件事:其一,创造精神财富;其二,不让别人创造精神财富。中国的知识分子后一样向来比较出色,我倒希望大伙在前一样上也较出色。"重建精神结构"是好事,可别建出个大笼子把大家关进去,再造出些大棍子,把大家揍一顿。我们这个国家最敬重读书人,可是读书人总是不见太平。大家可以静下心来想想原因。

道德保守主义及其他

为《东方》的社会伦理漫谈专栏写文章时，我怀有一种特殊的责任感，期待自己的工作能为提高社会的道德水平做出一点贡献。然而作为中国的知识分子，随时保持内省的状态是我们的传统，不能丢掉。

我记得在我之前写这个专栏的何怀宏先生，写过一篇讨论全社会的道德水平能否随经济发展提高的文章，得出了"可以存疑"的结论。对于某些人来说，何先生的结论不能令人满意。结论似乎应当是可以提高而且必须提高。如果是这样，那篇文章就和大多数文章一样，得到一种号召积极行动的结论。

号召积极行动的结论虽好，但不一定合理。再说，一篇文章还没有读，结论就已知道，也不大有趣。我认为，目前文化界存在着一种"道德保守主义"，其表现之一就是多数文章都会得到这种结论。

在道德这个论域，假如不持保守的立场，就不会一味地鼓吹提高全社会的道德水平。举例言之，假如你持宋儒的观点，就会认为，全社会没有了再醮的寡妇，所有的女孩子都躲在家里等待"父母之命、媒妁之言"，道德水平就是很高的，应该马上朝这个方向努力；而假设你是"五四"之后的文化人，就会认为这种做法道德水平有多高是有问题的，也就不急于朝那个方面努力。这个例子想要说明的是，当你急于提高全社会道德水平时，也许已经忽略了社会伦理方面发生的变革；而且这种变革往往受到了别的因素的影响，实际上是不可避免的。事实上，因为我们国家很大一部分人的生活方式正在改变，这种变革也正在发生，所以如何去提高道德水平是个最复杂的问题；而当我们这样提出问题时，也就丧失了提高道德水平的急迫感。

前年夏天，我到外地开一个会——在此声明，我很少去开会，这个会议的伙食标准也不高——看到一位男会友穿了一件文化衫，上面用龙飞凤舞的笔迹写着一串英文："OK, Let's pee!"总的来说，这个口号让人振奋，因为它带有积极、振奋的语调，这正是我们都想听到的。但是这个"pee"是什么意思不大明白，我觉得这个字念起来不大对头。回来一查，果不出我所料，是尿尿的意思。搞明白了全句的意思，我就觉得这话不那么激动人心了。众所周知，我们已过了要人催尿的年龄，在小便这件事上无须别人的鼓励。

我提到这件事，不是要讨论如何小便的问题，而是想指出，在做一件事之前，首先要弄明白是在干什么，然后再决定是不是需要积极和振奋。

这只是我个人的意见，当然，有些人在这类事情上一向以为，无论干的是什么，积极和振奋总是好的。假如倒回几年，到了"文化革命"里，连我也是这样的人。当年我坚信，一切方向问题都已解决，只剩下一件事，"毛主席挥手我前进"，所以在回忆年轻时代的所作所为之时，唯一可以感到自豪的事就是：那段时间我一直积极而振奋，其他的事都只能令我伤心。

我个人认为，一个社会的道德水准取决于两个方面，一是价值取向，二是在这些取向上取得的成就。很显然，第一个方面是根本。倘若取向都变了，成就也就说不上，而且还会适得其反。因此，要提高社会的道德水准就要解决两方面的问题：一，弄清哪一种价值取向比较可取；二，以积极进取的态度来推进它。坦白地说，我只关心第一个问题。换言之，我最关心"pee"是要干什么，在搞明白它是什么意思之前，对"OK, Let's"中包含的强烈语气无动于衷。我知道自己是个挺极端的例子；另一种极端的例子是对干什么毫不关心，只关心积极进取，狂热推动。我觉得自己所处的这个极端比较符合知识分子的身份，并为处于另一极端的朋友捏一把冷汗。假如他们凑巧持一种有益无害的价值取向，行为就会很好；假如不那么凑巧，就要成为一种很大的祸害。因为这个缘故，他们的一生是否能于社会有益、于人类有益，就不再取决于自己，而是取决于机遇。正因为有这样的人存在，思考何种社会伦理可取的人的责任就更重大了。

我本人关心社会伦理问题，是从研究同性恋始。我做社会学研究，但是这样一个研究题目当然和社会伦理问题有关系。现在有人说，同性恋是一种社会丑恶现象，我反对这种说法，但不想在此详加讨论——我的看法是，同性恋是指一些人和他们的生活，说人家是种社会现象很不郑重。我要是说女人是种社会现象，大家以为如何？——我只想转述一位万事通先生在澡堂里对这个问题发表的宏论，他说："同性恋那是外国的高级玩艺儿，我们这里有些人就会赶时髦……这艾滋病也不是谁想得就配得的！"在他说这些话时，我的一位调查对象就在一边坐着。后者告诉我说，他的同性恋倾向是与生俱来的。他既不是想赶时髦，也不是想得艾滋病。他还认为，生为一个同性恋者，是世间最沉重的事。我想，假如这位万事通先生知道这一切，也不会对同性恋做出轻浮、赶时髦这样的价值评判，除非他对自己说出的话是对是错也不关心。我举这个例子是想说明：伦理道德的论域也和其他论域一样，你也需要先明白有关事实才能下结论，而并非像某些人想象的那样，只要你是个好人，或者说，站对了立场，一切都可以不言自明。不管你学物理也好，学数学也罢，都得想破了脑袋，才能得到一点成绩；假设有一个领域，你在其中想都不用想就能得到大批的成绩，那倒是很开心的事。不过，假如我有了这样的感觉，一定要先去看看心理医生。

在本文开始的时候，提出了"道德保守主义"这样一种说法。我以为"道德保守主义"和不问价值取向是否合理、只求积极进取的倾向，在现象上是一回事，虽然它们在逻辑上没有什么联系。这主要是因为假如你不考虑价值取向这样一个主要问题（换言之，你以为旧有的价值取向都是对的，无须为之动脑子），就会节省大量的精力，干起呼吁、提倡这类事情时，当然精力充沛，无人能比。

举例来说，有关传统道德里让寡妇守节，我们知道，有人说过饿死事小，失节事大；又有人说过饿死事极小，失节事极大。这些先生没有仔细考虑过让寡妇守节是否合理，此种伦理是否有必要变革，所以才能如此轻松地得出要丧偶女士饿死这样一个可怕的结论。

喜欢萧伯纳的朋友一定记得，在《巴巴拉少校》一剧里，安德谢夫先生见到了平时很少见到的儿子斯泰芬。老先生要考较一下儿子，就问他能干点什么。他答道：干什么都不行，我的特长在于明辨是非。假如我理解得对，斯泰芬先生是说他在伦理道德方面有与生俱来的能力。安德谢夫把斯泰芬狠狠损了一顿，说道：你说的那件事，其实是世界上最难的事。

当然，这位老爷子不是在玩深沉，他的意思是说，你要明辨是非，就要把与此有关的一切事都搞清。这是最高的智慧，绝不是最低的一种。这件事绝不轻松，是与非并不是不言自明的。

在伦理道德的论域里，有两种不同的态度：一种认为，只有详细地考虑有关证据，经过痛苦的思索过程，才能搞清什么是对，什么是错——我就是这样考虑伦理问题的；另一种认为，什么是对什么是错根本无须考虑，只剩下了如何行动的问题——我嫉妒这种立论的方式，这实在太省心。假设有位女子风华绝代，那么她可以认为，每个男人都会爱上她，而且这么想是有理由的。但我很难想象，什么样的人才有资格相信自己一拍脑袋想出来的东西就是对的；现在能想出的唯一例子就是圣灵充满的耶稣基督。我这辈子也不会自大到这种程度。还有一种东西可以拯救我们，那就是相信有一种东西绝对是对的，比如一个传统、一本小红书，你和它融为一体时，也就达到了圣灵充满的境界。

在这种状态下，你会感到一切价值取向上的是与非都一目了然，你会看到那些没有被"充满"的人都是那么堕落，因而充满了道德上的紧迫感。也许有一天，我会向这种诱惑屈服，但现在还不肯。

* 载于 1994 年第 5 期《东方》杂志。

论战与道德

　　知识分子搞学问，除了闭门造车之外，与人讨论问题也常常是免不了的。在讨论时应该取何种态度，是个蛮有意义的问题。在这方面我有些见闻，虽然还不够广博，但已足够有趣。先父是位逻辑学家，在五十年代曾参加过"逻辑问题大讨论"，所以我虽然对逻辑所知不多，也把当年的论文集找出来细读了一番。对于当年的论争各方谁对谁错，我没有什么意见，但是对论战的态度却很有看法。众所周知，逻辑是一门严谨的科学，只要能争出个对错即可；可实际情况却不是那样，论战的双方都在努力证明对方是"资产阶级"，持有"唯心主义"或"形而上学"的思想方法。相形之下，自己是无产阶级，持有辩证唯物主义的思想方法。在我看来，逻辑问题是对错真伪的问题，扯上这么多，实属冗余；而且在五十年代被判定为一名资产阶级分子之后，一个人的生活肯定不是很愉快的。此种论战的方式有恫吓、威胁之意。一般认为，五十年代的逻辑大讨论还算是一次比较平和的讨论，论战各方都没有因为论点前往北大荒，这是必须肯定的。但要说大家表现了多少君子风度，恐怕就说不上了。

我们这个社会里的论战大多要从平等的讨论转为一方对另一方的批判，这是因讨论的方式决定的。根据我的观察，这些讨论里不是争谁对谁错，而是争谁好谁坏。一旦争出了结果，一方的好人身份既定，另一方是坏蛋就昭然若揭；好人方对坏蛋方当然还有些话要说，不但要批判，还要揭发。根据文献，反右斗争后期，主要是研究右派分子在旧社会的作为，女右派结交男朋友的方式，男右派偷窥女浴室的问题。当然，这个阶段发生的事已经不属讨论的范畴，但还属论战的延续。再以后就是组织处理等等，更不属讨论的范围，但是它和讨论有异常显著的因果关系。

"文化革命"里，我是个小孩子，我住的地方有两派，他们中间的争论不管有没有意义，毕竟是一种论争。我记得有一阵子两派的广播都在朗诵毛主席的光辉著作《将革命进行到底》。倘若你以为双方都在表示自己将革命进行到底的决心，那就错了。大家感兴趣的只是该文中毛主席痛斥反动派是毒蛇的一段——化成美女的蛇和露出毒牙的蛇，它们虽然已经感到冬天的威胁，但还没有冻僵呢——朗诵这篇文章，当然是希望对方领会到自己是条毒蛇这一事实，并且感到不寒而栗。据我所见，这个希望落空了。

后来双方都朗诵另一篇光辉著作《敦促杜聿明等投降书》，这显然是把对方看成了反动派，准备接受他们的投降，但是对方又没有这种自觉性。最后的结果当然是刀兵相见，打了起来。这以后的事虽然有趣，但已出了本文的范围。

"文化革命"里的两派之争，有一个阶段，虽不属论战，但也非常有趣，那就是两派都想证明对方成分不纯或者道德败坏，要么发现对方庇护了大叛徒、走资派，要么逮住他们干了有亏德行的事。在后一个方面，只要有某派的一对青年男女呆在一个屋子里，对立面必派出一支精悍队伍埋伏在外面，觉得里面火候差不多了，就踹门进去。我住的地方知识分子成堆，而这些事又都是知识分子所为。从表面上看，双方都是斯文人，其实凶蛮得很。这使我感到，仅用言辞来证明自己比对方道德优越，实在是件不容易的事。因此有时候人们的确很难抑制自己的行动欲望。

现在，任何一个有理智的人都不会认为，讨论问题的正当方式是把对方说成反动派、毒蛇，并且设法去捉他们的奸。然而，假如是有关谁好谁坏的争论，假如不是因外力而中止，就会得到这种结果。因为你觉得自己是好的，对方是坏的，而对方持有相反的看法，每一句辩驳都会加深恶意。恶意到了一定程度，就会诉诸行动：假设你有权力，就给对方组织处理；有武力，就让对方头破血流；什么都没有的也会恫吓检举。一般来说，真理是越辩越明，但以这种方式争论，总是越辩越不明，而且你在哪个领域争论，哪个领域就遭到损害。而且争论的结果既然是有人好，有人坏；那么好人该有好报，坏人该有坏下场，当然是不言自明。前苏联曾在遗传学方面展开了这种争论，给生物学和生物学家带来了很大的损害。我国在文化领域里有过好多次这种论争，得到了什么结果，也很容易看出来。

现在我已是个中年人，我们社会里新的轰轰烈烈的文化事件也很少发生了，但我发现人们的论战方式并没有大的改变，还是要争谁好谁坏。很难听的话是不说了，但是骂人也可以不带脏字。现在最大规模的文化事件就是上演了一部新的电视剧或是电影，到底该为此表示悲哀，还是为之庆幸，我还拿不准；但是围绕着这种文化事件发生的争论之中，还有让人大吃一惊的言论。举例来说，前不久上演了一部电视剧《唐明皇》，有一部分人说不好看，剧组的成员和一部分记者就开了个研讨会，会议纪要登在《中国电视报》上。我记得制片人的发言探讨了反对《唐》剧者的民族精神、国学修为、道德水准诸方面，甚至认为那些朋友的智商都不高；唯一令人庆幸的是，还没有探讨那些朋友的先人祖宗。从此之后，我再不敢去看任何一部国产电视剧，我怕我白发苍苍的老母亲忽然知道自己生了个傻儿子而伤心——因为学习成绩好，我妈一直以为我很聪明。去看电影，尤其是国产电影，也有类似的危险。这种危险表现在两个方面：看了好电影不觉得好，你就不够好；看了坏电影不觉得坏，你就成了坏蛋。有一些电影在国际上得了奖，我看了以后也觉得不坏，但有些评论者说，这些电影简直是在卖国，如此说来，我也有背叛祖国的情绪了——谁敢拿自己的人品去冒这种风险？

我现在既不看国产电影，也不看国产电视剧，而且不看中国当代作家的小说。比方说，贾平凹先生的《废都》，我就坚决不肯看，生怕看了以后会喜欢——虽然我在性道德上是无懈可击的，但我深知，不是每个人都像我老婆那样了解我。事实上，你只要关心文化领域的事，就可能介入了论战的某一方，自身也不得清白，这种事最好还是避免。假如人人都像我这样，我国的文化事业前景堪虞，不过我也管不了这么多。不管影视也好，文学也罢，倘若属于艺术的范畴，人就可以放心大胆地去欣赏，至不济落个欣赏水平低的评价；一扯到道德问题，就让人裹足不前了。这种怯懦并不是因为我们不重视道德问题，而恰恰是因为我们很重视道德问题。假如我干了不道德的事，我乐于受到指责，并且负起责任；但这种不道德绝不能是喜欢或不喜欢某个电影。

假如我不看电影，不看小说，还可以关心一下正经学问，读点理论文章、学术论文。文科的文章往往要说，作者以马列主义为指南，以辩证唯物主义为指导思想，为了什么什么，等等。一篇文章我往往只敢看到这里，因为我害怕看完后不能同意作者的观点，就要冒反对马列主义的危险。诚然，我可以努力证明作者口称赞同马列主义，实质上在反对马列，但我又于心不忍，我和任何人都没有这么大的仇恨。

其实，不光是理论文章，就是电视剧、小说作者也会把自己的动机神圣化，然后把自己的作品神圣化，最后把自己也神圣化；这样一来，他就像天兄下凡时的杨秀清。我对这些人原本有一些敬意，直到去年秋天在北方一小城市里遇到了一批耍猴子的人。他们也用杨秀清的口吻说：为了繁荣社会主义文化，满足大家的精神需求，等等，现在给大家耍场猴戏。我听了以后几乎要气死——猴戏我当然没看。我怕看到猴子翻跟头不喜欢，就背上了反对繁荣社会主义文化的罪名；而且我也希望有人把这些顺嘴就圣化自己的人管一管——电影、电视、小说、理论文章都可以强我喜欢（只要你不强我去看，我可以喜欢），连猴戏也要强我喜欢，实在太过分了——我最讨厌的动物就是猴子，尤其是见不得它做鬼脸。

现在有很多文人下了海，不再从事文化事业。不管在商界、产业界还是科技界，人们以聪明才智、辛勤劳动来进行竞争。唯独在文化界，赌的是人品、爱国心、羞耻心。照我看来，这有点像赌命，甚至比赌命还严重。这种危险的游戏有何奖品？只是一点小小的文名。所以，你不要怪文人下海。

假设文化领域里的一切论争都是道德之争、神圣之争，那么争论的结果就该是出人命，重大的论争就该有重大的结果，但这实在令人伤心。假若重大的论争没有重大的结果，那就更让人伤心——一些人不道德、没廉耻，还那么正常地活着，正如孟子所说：无耻之耻，无耻矣！我实在不敢相信，文化界还有这么多二皮脸之人。除了这两种结果，还有第三种结果，那就是大家急赤白脸地争论道德、廉耻，争完了就忘了；这就是说，从起头上就没把廉耻当廉耻，道德当道德。像这样的道德标准，绝不是像我这样的人能接受的。

我认为像我这样的人不在少数：我们热爱艺术、热爱科学，认为它们是崇高的事业，但是不希望这些领域里的事同我为人处世的态度、我对别人的责任、我的爱憎感情发生关系，更不愿因此触犯社会的禁忌。这是因为，这两个方面不在一个论域里，而且后一个论域比前者要严重。打个比方，我像本世纪初年的一个爪哇土著人，此种人生来勇敢，不畏惧战争，但是更重视清洁。换言之，生死和清洁两个领域里，他们更看重后者；因为这个缘故，他们敢于面对枪林弹雨猛冲，却不敢朝着秽物冲杀。荷兰殖民军和他们作战时，就把屎橛子劈面掷去，使他们望风而逃。当我和别人讨论文化问题时，我以为自己的审美情趣、文化修养在经受挑战，这方面的反对意见就如飞来的子弹，不能使我惧怕；而道德方面的非难就如飞来的粪便那样使我胆寒。我的意思当然不是说现在文化的领域是个屎橛纷飞的场所，臭气熏大——绝不是的；我只是说，它还有让我胆寒的气味。所以，假如有人以这种态度论争，我要做的第一件事，就是逃到安全距离之外，然后再好言相劝：算了罢，何必呢？

＊载于 1994 年第 4 期《东方》杂志。

诚实与浮嚣

我念大学本科时，我哥哥在读研究生。我是学理科的，我哥哥是学逻辑学的。有一回我问他：依你之见，在中国人写的科学著作中，哪本最值得一读？他毫不犹豫地答道：费孝通的《江村经济》。现在假如有个年轻人问我这个问题，不管他是学什么的，我的回答还是《江村经济》——但我觉得这本书的名字还是叫作《中国农民的生活》为好。它的长处在于十分诚实地描述了江南农村的生活景象，像这样的诚实在中国人写的书里还未曾有过。同是社会学界的前辈，李景汉先生做过《定县调查》，把一个县的情况搞得清清楚楚。学社会学的人总该读读《定县调查》——但若不学社会学，我觉得可以不读《定县调查》，但不读《江村经济》可不成。中国的读书人有种毛病，总要对某些事实视而不见，这些事实里就包括了中国农民的生活。读书人喜欢做的事情是埋首于故纸堆里，好像故纸之中什么都有了。中国的典籍倒是浩若烟海，但假若没人把事实往纸上写，纸上还是什么都没有。《江村经济》的价值就在于它把事实写到了纸上，在中国这个地方，很少有人做这样的事。马林诺夫斯基给《江村经济》作序，也称赞了费先生的诚实。所以费先生这项研究中的诚实程度，已经达到了国际先进水平。

这篇文章的主旨不是谈《江村经济》，而是谈诚实。以我之见，诚实就像金子一样，有成色的区别。就以费先生的书为例，在海外发表时，叫作《中国农民的生活》，这是十足赤金式的诚实。在国内发表时叫作《江村经济》，成色就差了一些，虽然它还是诚实的，而且更对中国文人的口味。我们这里有种传统，对十足的诚实甚为不利。有人说，朱熹老夫子做了一世的学问,什么叫作"是"(be)，什么叫作"应该是"（should be），从来就没搞清楚过。我们知道，前者是指事实，后者是指意愿，两者是有区别的。人不可能一辈子遇上的都是合心意的事，如果朱夫子总把意愿和事实混为一谈，那他怎么生活呢。所以，当朱夫子开始学术思维时，他把意愿和事实当成了一回事——学术思维确有这样一种特点；不做学问时，意愿和现实又能分开了。不独朱夫子，中国人做学问时都是如此。自打孔子到如今，写文章时都要拿一股劲，讨论国计民生乃至人类的前途这样的大题目，得到一片光明的结论，在这一片光明下，十足的诚实倒显得可羞。在所有重大题目上得出一片光明的结论固然很好，但若不把意愿和现实混为一谈，这却是很难做到的。

人忠于已知事实叫作诚实，不忠于事实就叫作虚伪。还有些人只忠于经过选择的事实，这既不叫诚实，也不叫虚伪，我把它叫作浮嚣。这是个含蓄的说法，乍看起来不够贴切，实际上还是合乎道理的：人选择事实，总是出于浮嚣的心境。有一回，我读一位海外新儒家学者的文集（我对海外的新儒学并无偏见，只是举个例子），作者一会儿引东，一会儿引西，从马克斯·韦伯到现代美国黑人的"寻根文学"引了一个遍，所举例子都不甚贴切，真正该引用的事例他又没有引到。我越看越不懂，就发了狠，非看明白不可。最终看到一篇他在台北的答记者问，把自己所治之学和台湾当局的"文化建设"挂上了钩——看到这里，我算是看明白了。我还知道台湾当局拉拢海外学人是不计工本的，这就是浮嚣的起因——当然，更远的起因还能追溯到科举、八股文，人若把学问当作进身之本来做，心就要往上浮。诚实不是学术界的长处，因为太诚实了，就显得不学术。像费先生在《江村经济》里表现出的那种诚实，的确是凤毛麟角。有位外国记者问费先生：你觉得中国再过几时才能再出一个费孝通？他答：五十年。这话我真不想信，但恐怕最终还是不得不信。

＊载于 1996 年 8 月 21 日《中华读书报》。

虚伪与毫不利己

过去我有过这样的人生观：人应该为别人而活着，致力于他人的幸福，不考虑自己的幸福。这是因为人生苦短，仅为自己活着不太有意思。这是二十年前的事了，现在再说这话有沽名钓誉之嫌。当时我们都是马克思的信徒，并且坚信应该毫不利己，专门利人。我以为帮助别人比自己享受，不但更光荣，而且更幸福。假如人人都像我一样，就没有了争权夺利，岂不是天下太平？

后来有一天，我忽然发现一个悖论：倘有一天，人人像我一样高尚，都以帮助别人为幸福，那么谁来接受别人的帮助？帮助别人比自己享受幸福，谁乐意放弃更大的幸福呢？大家毫不利己，都要利人，利归何人？这就是我发现的礼让悖论。

设想有一个美好社会，里面住的都是狂热分子，如我之辈，肯定不会太平。你要为我我要为你，恐怕要争到互挥老拳，甚至拔刀玩命。其他民族咱说不准，我们中国人为了礼让打架，那是绝对可能的。再说，我们专门利人，人家专门利我，利就成了可疑的东西。利己很坏，受人利也难受。比如吃饭，只有人喂，我才能吃，自吃是不好的（一、利己，二、剥夺了别人利他的机会）；我们大家喂来喂去，都是 baby-sitter。如此看来，我的生活目的，就是要把可疑的东西强加于人，因此也不能说是高尚。归根到底一句话，毫不利己必然包含虚伪。等到想通了这一点，我也不再持有这样的人生观。从那时到现在想的都是：希望我有些成就，为人所羡慕；有一些美德，为人所称道。但是为时已晚，大好年华已经空过。唉，蹉跎岁月，不说也罢！

个人尊严

　　在国外时看到，人们对时事做出价值评判时，总是从两个独立的方面来进行：一个方面是国家或者社会的尊严，这像是时事的经线；另一个方面是个人的尊严，这像是时事的纬线。回到国内，一条纬线就像是没有，连尊严这个字眼也感到陌生了。

　　提到尊严这个概念，我首先想到英文词"dignity"，然后才想到相应的中文词。在英文中，这个词不仅有尊严之义，还有体面、身份的意思。尊严不但指人受到尊重，它还是人价值之所在。从上古到现代，数以亿万计的中国人里，没有几个人有过属于个人的尊严。举个大点的例子，中国历史上有过皇上对大臣施廷杖的事，无论是多大的官，一言不合，就可能受到如此当众羞辱，高官尚且如此，遑论百姓。除了皇上一人，没有一个人能有尊严。有一件最怪的事是，按照传统道德，挨皇帝的板子倒是一种光荣，文死谏嘛。说白了就是：无尊严就是有尊严。此话如有任何古怪之处，罪不在我。到了现代以后，人与人的关系、个人与集体的关系，仍有这种遗风——我们就不必细说"文革"中、"文革"前都发生过什么样的事情。到了现在，已经不用见官下跪，也不会在屁股上挨板子，但还是缺少个人的尊严。环境就是这样，公共场所的秩序就是这样，人对人的态度就是这样，不容你有任何自尊。

举个小点的例子，每到春运高潮，大家就会在传媒上看到一辆硬座车厢里挤了三四百人，厕所里也挤了十几人。谈到这件事，大家会说国家的铁路需要建设，说到铁路工人的工作难做，提到安全问题，提到所有的方面，就是不提这些民工这样挤在一起，完全没有了个人的尊严——仿佛这件事很不重要似的。当然，只要民工都在过年时回家，火车总是要挤的，谁也想不出好办法。但个人的尊严毕竟大受损害；这件事总该有人提一提才对。另一件事现在已是老生常谈，人走在街上感到内急，就不得不上公共厕所。一进去就觉得自己的尊严一点都没了。现在北京的公厕正在改观，这是因为外国人到了中国也会内急，所以北京的公厕已经臭名远扬。假如外国人不来，厕所就要臭下去；而且大街上改了，小胡同里还没有改。我认识的一位美国留学生说，有一次他在小胡同里内急，走进公厕撒了一泡尿，出来以后，猛然想到自己刚才满眼都是黄白之物，居然能站住了不倒，觉得自己很了不起，就急忙来告诉我。北京的某些街道很脏很乱，总要到某个国际会议时才能改观，这叫借某某会的东风。不光老百姓这样讲，领导上也这样讲。这话听起来很有点不对味。不雅的景象外人看了丢脸，没有外人时，自己住在里面也不体面——这后一点总是被人忘掉。

作为一个知识分子，我发现自己曾有一种特别的虚伪之处，虽然一句话说不清，但可以举些例子来说明。假如我看到火车上特别挤，就感慨一声道：这种事居然可以发生在中华人民共和国的土地上！假如我看到厕所特脏，又长叹一声：唉！北京市这是怎么搞的嘛！这其中有点幽默的成分，也有点当真。我的确觉得国家和政府的尊严受到了损失，并为此焦虑着。当然，我自己也想要点个人尊严，但以个人名义提出就过于直露，不够体面——言必称天下，不以个人面目出现，是知识分子的尊严所在。当然，现在我把这作为虚伪提出，已经自外于知识分子。但也有种好处，我找到了自己的个人面目。有关尊严问题，不必引经据典，我个人就是这么看。但中国忽视个人尊严，却不是我的新发现。从大智者到通俗作家，有不少人注意到一个有中国特色的现象。罗素说，中国文化里只重家族内的私德，不重社会的公德公益，这一点造成了很要命的景象。费孝通说，中国社会里有所谓"差序格局"，与己关系近的就关心，关系远的就不关心或少关心。结果有些事从来就没人关心。龙应台为这类事而愤怒过，三毛也大发过一通感慨。读者可能注意到了，所有指出这个现象的人，或则是外国人，或则曾在国外生活过，又回到了国内。没有这层关系的中国人，对此浑然不觉。笔者自己曾在外国居住四年，假如没有这种经历，恐怕也发不出这种议论——但这一点并不让我感到开心。环境脏乱的问题，火车拥挤的问题，社会秩序的问题，人们倒是看到了。但总从总体方面提出问题，讲国家的尊严、民族的尊严。其实这些事就发生在我们身边，削我们每个人的面子——对此能够浑然无觉，倒是咄咄怪事。

人有无尊严，有一个简单的判据，是看他被当作一个人还是一个东西来对待。这件事有点两重性，其一是别人把你当作人还是东西，是你尊严之所在。其二是你把自己看成人还是东西，也是你的尊严所在。挤火车和上公共厕所时，人只被当身体来看待。这里既有其一的成分，也有其二的成分，而且归根结底，和我们的文化传统有关。说来也奇怪，中华礼仪之邦，一切尊严，都从整体和人与人的关系上定义，就是没有个人的位置。一个人不在单位里、不在家里，不代表国家、民族，单独存在时，居然不算一个人，就算是一块肉。这种算法当然是有问题。我的算法是：一个人独处荒岛而且谁也不代表，就像鲁滨孙那样，也有尊严，可以很好地活着。这就是说，个人是尊严的基本单位。知道了这一点，火车上太挤了之后，我就不会再挤进去而且浑然无觉。

＊载于 1995 年第 5 期《三联生活周刊》杂志。

君子的尊严

笔者是个学究,待人也算谦和有礼,自以为算个君子——当然,实际上是不是,还要别人来评判。总的来说,君子是有文化有道德的人,是士人或称知识分子。按照中国的传统,君子是做人的典范。君子不言利。君子忍让不争。君子动口不动手。君子独善其身。这都是老辈子传下来的规矩,时至今日,以君子自居的人还是如此行事。我是宁做君子不做小人的,但我还是以为,君子身上有些缺点,不配作为人的典范;因为他太文弱、太窝囊、太受人欺。

君子既不肯与人争利,就要安于清贫。但有时不是钱的问题,是尊严的问题。前些时候在电视上看到北京的一位人大代表发言,说儿童医院的挂号费是一毛钱,公厕的收费是两毛钱。很显然,这样的收费标准有损医务工作的尊严。当然,发言的结尾是呼吁有关领导注意这个问题,有关领导也点点头说:是呀是呀,这个问题要重视。我总觉得这位代表太君子，没把话讲清楚——直截了当的说法是：我们要收两块钱。别人要是觉得太贵，那你就还个价来——这样三下五除二就切入了正题。这样说话比较能解决问题。

君子不与人争，就要受气。举例来说，我乘地铁时排队购票，总有些不三不四的人到前面加塞。说实在的，我有很多话要说：我排队，你为什么不排队？你忙，难道我就没有事？但是碍于君子的规范，讲不出口来。话憋在肚子里，难免要生气。有时气不过，就嚷嚷几句：排队，排队啊。这种表达方式不够清晰，人家也不知是在说他。正确的方式是：指住加塞者的鼻子，口齿清楚地说道：先生，大家都在排队，请你也排队。但这样一来，就陷入与人争论的境地，肯定不是君子了。

常在报纸上看到这样的消息：流氓横行不法，围观者如堵，无人上前制止。我敢断定，围观的都是君子，也很想制止，但怎么制止呢？难道上前和他打架吗？须知君子动口不动手。我知道英国有句俗话：绅士动拳头，小人动刀子。假如在场的是英国绅士，就可以上前用拳头打流氓了。

既然扯到了绅士，就可以多说几句。从前有个英国人到澳大利亚去旅行，过海关时，当地官员问他是干什么的。他答道：我是一个绅士。因为历史的原因，澳大利亚人不喜欢听到这句话，尤其不喜欢听到这句话从一个英国人嘴里说出来。那官员又问：

我问你的职业是什么？英国人答道：职业就是绅士。难道你们这里没有绅士吗？这下澳大利亚人可火了，差点揍他，幸亏有人拉开了。在英美，说某人不是绅士，就是句骂人话。当然，在我们这里说谁不是君子，等于说他是小人，也是句骂人话。但君子和绅士不是一个概念。从字面上看，绅士（gentleman）是指温文有礼之人，其实远不止此。绅士要保持个人的荣誉和尊严，甚至可以说是这方面的专业户。坦白地说，他们有点狂傲自大。但也有一种好处：真正的绅士绝不在危险面前止步。大战期间，英国绅士大批开赴前线为国捐躯，甚至死在了一般人前面。君子的标准里就不包括这一条。

中国的君子独善其身，这样就没有了尊严。这是因为尊严是属于个人的、不可压缩的空间，这块空间要靠自己来捍卫——捍卫的意思是指敢争、敢打官司、敢动手（勇斗歹徒）。我觉得人还是有点尊严的好，假如个人连个呆的地方都没有，就无法为人做事，更不要说做别人的典范。

* 载于 1995 年第 5 期《三联生活周刊》杂志。

居住环境与尊严

我住在一座高层建筑里。从一楼到十七楼，人人都封阳台，所用的材料和样式各异，看起来相当丑陋。公用的楼道上，玻璃碎了一半，破了的地方用三合板或纤维板堵住；楼梯上很脏，垃圾道的口上更脏。如果它是一座待拆的楼房，那倒也罢了，实际上它是新的，建筑质量也很好，是人把它住成了这样。至于我家里，和别人家里一样，都很干净，只是门外面脏。假如有朋友要见我，就要区别对待：假如他是中国人，就请他到家里来；要是外国人，就约在外面见面。这是因为我觉得让外国人到我家来，我的尊严要受损失。

假设有个外国人来看我，他必须从单元门进来，爬上六层，才能到达我家的门口。单元门旁边就是垃圾道的出口，那里总有大堆的垃圾流在外面，有鱼头鸭头鸡肠子在内，很招苍蝇，看起来相当吓人。此人看过了这种景色之后，爬上一至六层的楼梯，呼吸着富含尘土的空气，看到满地的葱皮、鸡蛋壳，还有墙上淋漓的污渍。我希望他有鼻炎，闻不见味。我没有鼻炎，每回爬楼梯时我都闭着气。上大学时，我肺活量有五千毫升，现在大概有八千。当然，这是在白天。要是黑夜他根本就上不来，因为楼道里没灯，他会撞进自行车堆里，摔断他的腿。夜里我上楼时，手里总拿个棍儿，探着往上爬。他还不知扶手不能摸，摸了就是一手灰。才搬来时我摸过一把，那手印子现在还印在那里，只是没有当初新鲜。就这样到了我的门外，此时他对我肯定有了一种不好的看法。坦白地说，我在美国留学时，见到哪个美国同学住在这样的房子里，肯定也会看不起他。

要是个中国人来看我，看到的景象也是一样。大家都是人，谁也不喜欢肮脏，所以对这种环境的反感也是一样的。但他进了我家的门，就会把路上看到的一切都忘掉。他对我这么好，除了同胞情谊之外，还因为他知道楼道里这么脏不能怪我；所以我敢把他请到家里来。

因为本文想要谈尊严问题，就此切入正题。所谓尊严(dignity)，是指某人受到尊敬，同时也是个人的价值所在。笔者曾在国外居住四年，知道洋鬼子怎样想问题：一个人住在某处，对周围的一切既有权利，也有义务。假如邻居把门前和阳台弄得不像话，你可以径直打电话说他，他要是个体面人就不会不理。反过来，假如你把门前弄得不像话，他也会径直打电话来说你，你也不能不理。

因此，一个地方住了一些体面人，就不会又脏又乱。居住的环境就这样和个人尊严联系在一起。假如我像那些洋人想象的那样，既有权利，又有义务，本人还是个知识分子，还把楼房住成了这样，那我又算个什么人呢。这就是我不敢让洋人上家里来的原因。

但你若是中国人，就会知道：我有权利把自己的阳台弄成任何一种模样，别人不会来管，别人把家门外弄成任何一种样子，我也没有办法。当然，我觉得楼道太脏，也可以到居委会反映一下，但说了也没有用。顺便说说，我们交了卫生费，但楼梯总没有人扫。我扫过楼道，从六楼扫到了一楼，只是第二天早上出来一看，又被弄得很脏；看来一天要扫三遍才行。所以我也不扫了。我现在下定了一种决心：一过了退休年龄，就什么都不干，天天打扫楼道；现在则不成，没有工夫。总而言之，对这件事我现在是没有办法了。把话说白了，就是这样的：在我家里，我是个人物，出了家门，既没有权利，又没有义务，根本就不是什么人物，说话没有人理，干事情没人响应，而且我自己也不想这样。这不是在说外国人的好话，也不是给自己推卸责任，而是在说自己为什么要搞两面派。

中国这地方有一种特别之处，那就是人只在家里（现在还要加上在单位里）负责任，出了门就没有了责任感（罗素和费孝通对此都有过论述，谁有兴趣可以去查阅）。大家所到之处，既无权利，也无义务；所有的公利公德，全靠政府去管，但政府不可能处处管到，所以到处乱糟糟。一个人在单位是老张或老李，回了家是爸爸或妈妈，在这两处都要顾及体面和自己的价值，这是很好的。但在家门外和单位门外就什么都不是，被称作"那男的"或是"那女的"，一点尊严也没有，这就很糟糕。我总觉得，大多数人在受到重视之后，行为就会好。

＊载于 1996 年第 2 期《辽宁青年》杂志。

饮食卫生与尊严

　　每天早上，北京街头就会出现一些早点摊。有一天我起早了，走着走着感到有点饿，想到摊上吃一点。吃之前先绕到摊后看了一眼，看到一桶洗碗水，里面还泡着碗。坦白地说，与一桶泔水相似。我当时就下定决心，再不到小摊上吃饭。当然，我理解那些吃这种早点的人，因为我也当过工人。下了夜班，胃里难受，嘴里还有点血腥味，不吃点热东西实在没法睡；这么早又找不到别的地方吃饭，只好到摊上去吃。我不理解的是那些卖早点的人。既然人家到你这里吃东西，你为什么不弄干净一点？

　　我认识一个人，是从安徽出来打工的。学了点手艺，在个体餐馆里当厨师。后来得了肝炎，老板怕他传染顾客，把他辞掉了，他就自制熟肉到街上去卖。我觉得这很不好，有传染病的人不能卖熟食。你要问他为什么这么干，他就说：要赚钱。大家想想看，人怎么能这样待人呢。只有无赖才这样看问题。我实在为他们害羞，觉得他们抛弃了人的尊严。当然，这里说到的不是那些饮食者的个人尊严，而是卖饮食者的尊严；准确地说，是指从外地到北京练摊的人——其中有好的，但也有些人实在不讲卫生。要是在他本乡本土，他绝不会这么干。这就是说，他们做人方面有了问题。至于这个问题，我认为是这样的：你穿着衣服在街上一走，别人都把你当人来看待。所以，在你做东西给别人吃时，该把别人当人来看待。有一种动物多脏的东西都吃，但那是猪啊。你我是同类，难道大家都是猪？我一直这么看待这个问题，最近发生了一点变化，是因为遇上这么一回事：

有一天，我出门去帮朋友搬家。出去时穿得比较破，因为要做粗活；回来时头上有些土，衣服上有点污渍，抬了一天冰箱，累得手脚有点笨；至于脸色，天生就黑。总而言之，像个"外地来京人员"——顺便说一句，现在"人员"这个字眼就带有贬义，计有：无业人员、社会闲散人员、卖淫嫖娼人员等等说法——就这个样子乘车回来，从售票员到乘客，对我都不大客气，看我的眼神都不对。我因此有点憋气，走到离家不远，一不小心碰到了一个人。还没等把道歉的话说出口，对方已经吼道：没带眼睛吗？底下还有些话，实在不雅，不便在此陈述。我连话都不敢说，赶紧溜走了。假如我说，我因此憋了一口气，第二天就蹬辆三轮车，带一个蜂窝煤炉子、一桶脏水到街上练早点，那是我在编故事。但我确实感到了，假如别人都不尊重我，我也没法尊重别人。假

128

如所有的人都一直斜眼看我，粗声粗气地说我，那我的确什么事都干得出来。不过，回到家里，洗个热水澡，换上干净衣服，我心情又好了。有个住的地方，就有这点好处。

我住的地方在城乡接合部，由这里向西，不过二里路，就是一个优雅的公园，是散步的好地方。但要到那里去，要穿过一段小街陋巷，低矮的平房。有的房子门上写着"此房出租"，有的里面住着外地来打工的人，住得很挤。我穿过小巷到公园里去散步，去了一回，就再也不去了。那条路上没有下水道，尽是明沟，到处流着污水。我全身上下最好使的器官是鼻子，而且从来不得鼻炎，所以在这一路上嗅到六七处地方有强烈的尿臊气。这些地方不是厕所，只是些犄角旮旯。而这一路上还真没有什么厕所。走着走着遇上一片垃圾场，有半亩地大，看起来触目惊心。到了这里，我就痛恨自己的鼻子，恨它为什么这么好使。举例来说，它能分出鸡肠子和鸭肠子，前者只是腥臭，后者有点油腻腻的，更加难闻。至于鱼肠子，在两里路外我就能闻到，因为我讨厌鱼腥味。就这样到了公园里，我已无心散步，只觉得头晕脑涨，脑子里转着上百种臭味；假如不把它们一一分辨清楚，心里就难受。从那片平房往东看，就是我住的楼房。我已经说过，那楼的楼道不大干净，但已比这片平房强了数百倍。说起来，外地人到京打工，算是我们的客人。让客人住这种地方，真是件不体面的事。成年累月住在这种地方，出门就看到烂鸡肠子，他会有什么样的心境，我倒有点不敢想了。

我以为，假如一个人在生活条件和人际关系上都能感到做人的尊严，他就按一个有尊严的人的标准来行事，像个君子。假如相反，他难免按无尊严人的方式行事，做出些小人的行径。虽然君子应该避恶趋善，不把自己置于没有尊严的地位，但这一条有时我也做不到，也就不好说别人了。前些时候看电视，看到几个"外地来京人员"拿自来水和脏东西兑假酱油，为之发指。觉得不但国家该法办这些人，我也该去啐他们一口。但想想人家住在什么地方，受到什么样的对待，又有点理不直气不壮。在这方面，我应该做点事，才好去吐唾沫。后面这几句话已是题外之语。我的意思当然是说，"外地来京人员"假如做餐饮，应该像君子一样行事，让大家吃着放心。这样说话才像个不是"人员"的北京人。

我有些朋友，帮一个扶贫组织工作，在议这样一件事：租借一些空闲的厂房，给"外地来京人员"一个住的地方。我也常去参加议论，连细节都议出来了：那地方不在于有多考究，而在于卫生、有人管理、让大家住着放心。房间虽是大宿舍，但有人打扫；个人的物品有处寄放；厕所要卫生，还要有洗淋浴的地方；各人的床用白布帘子隔起来——我在国外旅行，住过"基督教青年会"一类的地方，就是这个样子的寄宿舍，住在里面不觉得屈尊。对于出门在外的年轻人来说，住这种地方就可以说有了个人尊严，而且达到了国际标准。因为国际标准不光是奢华靡费，还有简朴、清洁、有秩序的一面，我对此颇有心得，因为我在国外是个穷学生，过简朴的生活，但也不觉得低人一等。这在中国也可以办到嘛……还有朋友说，这个标准太低。还该有各种训练班，教授求职所需的技能；还要组织些文娱活动。当然，这就更好了。可以想见，"外地来京人员"到了这里，体会到清洁、有序和人对人的关怀，对我们肯定会好一些。这件事从去年六月议起，还在务虚，没有什么务实的迹象。朋友里还有人说，这个寄宿舍应该赢利。我们这些人也不能白说这些事，也该有点好处。我听了觉得不大对劲，就不再参加议论。本文的主旨是说，做餐饮的人要像君子一样行事，把这件事也扯了出来，我恐怕自己是说漏了嘴。

* 载于 1996 年第 3 期《辽宁青年》杂志，题为"像君子一样行事"。

环境问题

　　我生在北京城里。小时候，我爬到院里的高楼顶上——这座楼在西单——四下眺望，经常能看到颐和园的佛香阁。西单离颐和园起码有二十里地。几年前，我住在北大畅春园，离颐和园只有数里之遥，从窗户里看佛香阁，十次倒有八次看不见。北京的空气老是迷迷糊糊的，有点迷眼，又有点呛嗓子，我小时候不是这样。我已经长大了，变成了一条车轴汉子——这是指衬衣领子像车轴而言。在北京城里住，几乎每天都要换衬衣，在国外时，一件衬衣可以穿好几天。世界上有很多以污染闻名的城市：米兰、洛杉矶、伦敦等等，我都去过，只有墨西哥城例外。就我所见，北京城的情况在这些城市里也是坏的。

　　但我对北京环境改善充满了信心。这是因为一座现代大都市，有能力很快改善环境，北京是首都，自然会首先改善。不信你到欧美的大城市看看，就会发现有些旧石头房子像瓦窑里面一样黑，而新的石头房子则像雪一样白。找个当地人问问，他们会说：老房子的黑是煤烟熏的。现在没有煤烟，石头墙就不会变黑了。我在美国的匹兹堡留过学，那里是美国的钢铁城市，以污染著称。据当地人说，大约三十年前，当地人出门访友时，要穿一件衬衣，带一件衬衣。身上穿的那件在路上就脏了，到了朋友家里再把带的那件换上。现在的情况是：那里的空气很干净。现代大城市有办法解决环境问题：有财力，也有这种技术。到了非解决不可时，自然就会解决。在这一天到来之前，我们可以戴风镜、戴口罩来解决空气不好的问题。

我现在住的地方在城乡接合部，出门不远，就不归办事处管，而是乡政府的地面。我家楼下是个农贸市场，成天来往着一些砰砰乱响的东西：手扶拖拉机、小四轮、农用汽车等等。这些交通工具有一个共同点：全装着吼声震天、黑烟滚滚的柴油机。因为有这种机器，我认为城市近郊、小城镇等地环境问题更严重。人家总说城市里噪音严重，但你若到郊区的公路边坐上一天，回来大概已经半聋了。县城的城关大多也吵得要命，上那里逛逛，回来时鼻孔里准是黑的。据报道，我国的农用汽车产值超过了正庄汽车。叫作农用车，其实它们净往城市和郊区跑。这类地方人烟稠密，和市中心差不了很多。这里的人既有鼻子，又有耳朵，因此造这种车时，工艺也宜考究些，要把环境因素考虑在内才好，否则是用不了几年的。

在这方面我有一个例子：七四年我在山东烟台一带插队，见到现在农用车的鼻祖：它是大车改制的，大车已经有两个轮子，在车辕部位装上个转盘，安上抽水磨面的柴油机，下面装上第三个轮子，用三角皮带带动，驾驶员坐在辕上，转弯时推动转盘，连柴油机带底下的轮子一块转。我不知它的正式名称叫什么，只知道它的雅号叫作"宁死不屈"，因为在转急弯时，它会把头一扭，把驾驶员扔下车去，然后就头在后，屁股在前，一路猛冲过去，此时用手枪、冲锋枪去打都不能让它停住，拿火箭筒来打它又来不及，所以叫宁死不屈。当然，最后它多半是冲进路边的店铺，撞在柜台上不动了。但那台肇事的柴油机还在恬不知耻地吼叫着。后来，它被政府部门坚决取缔了。不安全只是原因之一，主要的原因是：它对环境的影响是毁灭性的。那东西吵得厉害，简直是天理难容。跑在烟台二马路上，两边的人都要犯心脏病。发展农用汽车，也要以宁死不屈为鉴。

说到环境问题，好多人以为这是近代机器文明造成的，其实大谬不然。说到底，环境问题是人的问题。煤烟、柴油机是糟糕，但也是人愿意忍受它。到了不愿忍受时，自然会想出办法来。老北京是座消费城市，虽然没有什么机器，环境也不怎么样：晴天三尺土，雨天一街泥。我从书上看到，旧北京所有的死胡同底部、山墙底下都是尿窝子，过往行人就在那里撒尿。日久天长，山墙另一面就会长出白色的晶体，成分是硝酸铵，经加工可以做鞭炮。

有些大妈还用这种东西当盐来炖肉，说用硝来炖肉能炖烂——但这种肉我是不肯吃的。有人说，喝尿可以治百病，但我没有这种嗜好。我宁可得些病。很不幸的是，这些又燥又潮的房子里还要住人，大概不会舒适。天没下雨，听见自己家墙外老是哗哗的，心情也不会好。费孝通先生有篇文章谈"差序格局"，讲到二三十年代江南市镇，满河漂着垃圾，这种环境也不能说是好。我住的地方不远处，有片乱七八糟的小胡同，是外来人口聚集区。有时从那里经过，到处是垃圾，污水到处流，苍蝇到处飞，排水口的算子上净是粪——根本不成个世界。有一大群人住在一起，只管糟蹋不管收拾，所以就成了这样——此类环境问题源远流长，也没听谁说过什么。

就我所见，一切环境问题都是这么形成的：工业不会造成环境问题，农业也不会造成环境问题，环境问题是人造成的。知识分子悲天悯人的哀号解决不了环境问题，开大会、大游行、全民总动员也解决不了这问题。只要知道一件事就可以解决环境问题：人不能只管糟蹋不管收拾。收拾一下环境就好了，在其中生活也能像个体面人。

* 载于 1996 年第 11 期《中国青年》杂志，题为"人不能只管糟蹋不管收拾"。

北京风情

　　我小时候住在成方街,离北京的城墙很近。就在这条街的尽头,城墙塌了一个口子,沿着一道陡坡,躲开密密麻麻的酸枣刺,就可以上到城上。城墙上面是宽阔的大道,漫地的方砖中间长满了荒草。庚子年间,八国联军来攻打北京,看到了这座城墙。有个联军的军官在日记里写道:这是世界上最宏伟的防御工事——他是对这城墙的高度发出的感叹,而我对城墙顶上的广阔感触很深。那上面是一片荒无人迹的辽阔的地带,走上半小时碰不见一个人。后来我在美国,和台湾来的同学聊天,说到梁思成先生曾建议把北京的城墙改作高速公路,那同学笑了起来,说道:梁先生的主意真怪,城墙顶上还能修马路吗? 这位同学去过世界上很多地方,看到过很多城墙,那上面都修不了马路。我也到过世界上很多城市,见过很多古城墙。罗马城的城墙算是宏伟的了,假如有两个帕瓦罗蒂那样的人在上面并肩行走,就得掉下来一个。难怪没见过北京城墙的人要不信在上面可以修马路——其实不仅能修，而且修出来会是这世界上最伟大的人文景观之一。

过去，在北京三十四中附近的城墙里有个很大的仓库，里面放了军火和汽油。有一天爆炸了，三十四中的师生出来救人，赢得了很大的荣誉——他们学校有间荣誉室，里面挂满了那回得来的锦旗。我插队时和三十四中的学生在一起，听他们说过自己母校的光荣史。这说明城墙顶上不但能跑汽车，肚子里还能修仓库。像这样的城墙在世界上绝无仅有，可惜已经被拆了个精光。没有了宏伟的城墙、寂寞的城楼，北京城是一座没有了历史的城市。有些人会说，它怎么会没有历史——历史写在纸上。这种看法是不对的。我到过很多城市，就我所见，一座城市的历史不可能是别的，只能是它的建筑。北京城就其本来面目来说，是一座硕大无比的四合院。没有了城墙它就不成个样子。

中国有五千年的文明史，这部历史有一半写在故纸上，还有一半埋在地下，只是缺少了一部立在地上的历史，可以供人在其中漫步。我小的时候，北京不但有城墙，还有很多古老的院子——我在教育部院里住过很久，那地方是原来的郑王府，在很长时间里保持了王府的旧貌，屋檐下住满了燕子。傍晚时分，燕子在那里表演着令人惊讶的飞行术：它以闪电般的速度俯冲下来，猛地一抬头，收起翅膀，不差毫厘地钻进橡子中间一个小洞里。一二百年前，郑王府里的一位宫女也能看到这种景象，并且对燕子的飞行技巧感到诧异——能见到古人所见，感到古人所感，这种感觉就是历史感。很遗憾的是，现在北京城里盖满了高楼，燕子找不着自己住过的屋檐，所以也很少能看到了。现在的年轻人读到"似曾相识燕归来"，大概也读不懂了。所幸的是，北京还有故宫，还有颐和园。但是没有了城墙，没有了燕子，总是一种缺憾。

自然景观和人文景观

我到过欧美的很多城市，美国的城市乏善可陈，欧洲的城市则很耐看。比方说，走到罗马城的街头，古罗马时期的竞技场和中世纪的城堡都在视野之内，这就使你感到置身于几十个世纪的历史之中。走在巴黎的市中心，周围是漂亮的石头楼房，你可以在铁栅栏上看到几个世纪之前手工打出的精美花饰。英格兰的小城镇保留着过去的古朴风貌，在厚厚的草顶下面，悬挂出木制的啤酒馆招牌。我记忆中最漂亮的城市是德国的海德堡，有一座优美的石桥架在内卡河上，河对岸的山上是海德堡选帝侯的旧宫堡。可以与之相比的有英国的剑桥，大学设在五六百年前的石头楼房里，包围在常春藤的绿荫里——这种校舍不是任何现代建筑可比。比利时的小城市和荷兰的城市，都有无与伦比的优美之处，这种优美之处就是历史。相比之下，美国的城市很是庸俗，塞满了乱糟糟的现代建筑。他们自己都不爱看，到了夏天就跑到欧洲去度假——历史这种东西，可不是想有就能有的呀。

有位意大利的朋友告诉我说，除了脏一点、乱一点，北京城很像一座美国的城市。我想了一下，觉得这是实情——北京城里到处是现代建筑，缺少历史感。在我小的时候就不是这样的，那时的北京的确有点与众不同的风格。举个例子来说，我小时候住在北京的郑王府里，那是一座优美的古典庭院，眼看着它就变得面目全非，塞满了四四方方的楼房，丑得要死。郑王府的遭遇就是整个北京城的缩影。顺便说一句，英国的牛津城里，所有的旧房子，屋主有翻修内部之权，但外观一毫不准动，所以那座城市保持着优美的旧貌。所有的人文景观属于我们只有一次。假如你把它扒掉了，再重建起来就不是那么回事了。

这位意大利朋友还告诉我说，他去过山海关边的老龙头，看到那些新建的灰砖城楼，觉得很难看。我小时候见过北京城的城楼，还在城楼边玩耍过，所以我不得不同意他的意见。真古迹使人留恋之处，在于它历经沧桑直至如今，在它身边生活，你才会觉得历史至今还活着。要是可以随意翻盖，那就会把历史当作可以随意捏造的东西，一个人尽可夫的娼妇；这两种感觉真是大不相同。这位意大利朋友还说，意大利的古迹可以使他感到自己不是属于一代人，而是属于一族人，从亘古到如今。他觉得这样活着比较好。他的这些想法当然是有道理的，不过，现在我们谈这些已经有点晚了。

谈过了城市和人文景观，也该谈谈乡村和自然景观——谈这些还不晚。房龙曾说，世界上最美丽的乡村就在奥地利的萨尔兹堡附近。那地方我也去过，满山枞木林，农舍就在林中，铺了碎石的小径一尘不染……还有荷兰的牧场，弥漫着精心修整的人工美。牧场中央有放干草的小亭子，油漆得整整齐齐，像是园林工人干的活；因为要把亭子造成那个样子，不但要手艺巧，还要懂得什么是好看。让别人看到自己住的地方是一种美丽的自然景观，这也是一种做人的态度。

谈论这些域外的风景不是本文主旨，主旨当然还是讨论中国。我前半辈子走南闯北，去过国内不少地方，就我所见，贫困的小山村，只要不是穷到过不下去，多少还有点样。到了靠近城市的地方，人也算有了点钱，才开始难看。家家户户房子宽敞了，院墙也高了，但是样子恶俗，而且门前渐渐和猪窝狗圈相类似。到了城市的近郊，到处是乱倒的垃圾。进到城里以后，街上是干净了，那是因为有清洁工在扫。只要你往楼道里看一看，阳台上看一看，就会发现，这里住的人比近郊区的人还要邋遢得多。总的来说，我以为现在到处都是既不珍惜人文景观，也不保护自然景观的邋遢娘们邋遢汉。这种人要吃，要喝，要自己住得舒服，别的一概不管。

我的这位意人利朋友是个汉学家。他说，中国人只重写成文字的历史，不重保存环境中的历史。这话从一个意大利人嘴里说出来，叫人无法辩驳。人家对待环境的态度比我们强得多。我以为，每个人都有一部分活在自己所在的环境中，这一部分是不会死的，它会保存在那里，让后世的人看到。在海德堡，在剑桥，在萨尔兹堡，你看到的不仅是现世的人，还有他们的先人，因为世世代代的维护，那地方才会像现在这样漂亮。和青年朋友谈这些，大概还有点用。

* 载于 1996 年第 5 期《辽宁青年》杂志。

卖唱的人们

有一次，我在早上八点半钟走过北京的西单北大街，这个时间商店都没开门，所以人行道上空空荡荡，只有满街飞扬的冰棍纸和卖唱的盲人。他们用半导体录音机伴奏，唱着民歌。我到过欧美很多地方，常见到各种残疾人乞讨或卖唱，都不觉得难过，就是看不得盲人卖唱。这是因为盲人是最值得同情的残疾人，让他们乞讨是社会的羞耻。再说，我在北京见到的这些盲人身上都很脏，歌唱得也过于悲惨。凡是他们唱过的歌，我都再也不想听到。当时满街都是这样的盲人，就我一个明眼人，我觉得这种景象有点过分。我见过各种各样的卖唱者，就数那天早上看到的最让人伤心。我想，最好有个盲人之家，把他们照顾起来，经常洗洗澡，换换衣服，再有辆面包车，接送他们到各处卖唱，免得都挤在西单北大街——但是最好别卖唱。很多盲人有音乐天赋，可以好好学一学，做职业艺术家。美国就有不少盲人音乐家，其中有几个还很有名。

本文的宗旨不是谈如何关怀盲人，而是谈论卖唱——当然，这里说的卖唱是广义的，演奏乐器也在内。我见过各种卖唱者，其中最怪异的一个是在伦敦塔边上看到的。这家伙有五十岁左右，体壮如牛，头戴一顶猎帽，上面插了五彩的鸵鸟毛，这样他的头就有点像儿童玩的羽毛球；身上穿了一件麂皮夹克，满是污渍，但比西单的那些盲人干净——那些人身上没有污渍，整个人油亮油亮的——手里弹着电吉他，嘴上用铁架子支了一只口琴，脚踩着一面踏板鼓，膝盖拴有两面钹，靴子跟上、两肘拴满了铃，其他地方可能也藏有一些零碎，因为从声音来听，不止我说到的这些。他在演奏时，往好听里说，是整整一支军乐队，往难听里说，是一个修理黑白铁的工场，演奏着一些俗不可耐的乐曲。初看时不讨厌，看过一分钟，就得丢下点零钱溜走，否则就会头晕，因为他太吵人。我不喜欢他，因为他是个哗众取宠的家伙。他的演奏没有艺术，就是要钱。

据我所见，卖唱不一定非把身上弄得很脏，也不一定要哗众取宠。比方说，有一次我在洛杉矶乘地铁，从车站出来，走过一个很大的过厅。这里环境很优雅，铺着红地毯，厅中央放了一架钢琴。有一个穿黑色燕尾服的青年坐在钢琴后面，琴上放了一杯冰水。有人走过时，他并不多看你，只弹奏一曲，就如向你表示好意。假如你想回报他的好意，那是你的事。无心回报时，就带着这好意走开。我记得我走过时，他弹奏的是"八音盒舞曲"，异常悠扬。时隔十年，我还记得那乐曲和他的样子，他非常年轻。人在年轻时，可能要做些服务性的工作，糊口或攒学费，等待进取的时机，在公共场所演奏也是一种。这不要紧，只要无损于尊严就可。我相信，这个青年一定会有很好的前途。

下面我要谈的是我所见过的最动人的街头演奏，这个例子说明在街头和公共场所演奏，不一定会有损个人尊严，也不一定会使艺术蒙羞——只可惜这几个演奏者不是真为钱而演奏。一个夏末的星期天，我在维也纳，阳光灿烂，城里空空荡荡，正好欣赏这座伟大的城市。维也纳是奥匈帝国的首都，帝国已不复存在，但首都还是首都。到过那座城市的人会同意，"伟大"二字绝非过誉。在那个与莫扎特等伟大名字联系在一起的歌剧院附近，我遇上三个人在街头演奏。不管谁在这里演奏，都显得有点不知寒碜，只有这三个人例外。拉小提琴的是个金发小伙子，穿件毛衣、一条宽松的裤子，简朴但异常整洁。他似是这三个人的头头，虽然专注于演奏，但也常看看同伴，给她们无声的鼓励。有一位金发姑娘在吹奏长笛，她穿一套花呢套裙，眼睛里有点笑意。还有一个东亚女孩坐着拉大提琴，乌黑的齐耳短发下一张白净的娃娃脸，穿着短短的裙子、白袜子和学生穿的黑皮鞋；她有点慌张，不敢看人，只敢看乐谱。三个人都不到二十岁，全都漂亮之极。至于他们的音乐，就如童声一样，是一种天籁。这世界上没有哪个音

145

乐家会说他们演奏得不好。我猜这个故事会是这样的：他们三个是音乐学院的同学，头一天晚上，男孩说：敢不敢到歌剧院门前去演奏？金发女孩说：敢！有什么不敢的！至于那东亚女孩，我觉得她是我们的同胞。她有点害羞，答应了又反悔，反悔了又答应，最后终于被他们拉来了。除了我们之外，也有十几个人在听，但都远远地站着，恐怕会打扰他们。有时会有个老太太走近去放下一些钱，但他们看都不看，沉浸在音乐里。我坚信，这一幕是当日维也纳最美丽的风景。我看了以后有点嫉妒，因为他们太年轻了。青年的动人之处，就在于勇气，和他们的远大前程。

* 载于 1996 年第 7 期《辽宁青年》杂志。

域外杂谈·衣

编辑部来信约写《域外随笔》，一时不知从何写起。就像《红楼梦》上说的，咱也不是到国外打过反叛、擒过贼首的，咱不过在外面当了几年穷学生罢了。所以就谈谈在外面的衣食住行罢。

初到美国时，看到楼房很高，汽车很多，大街上各种各样的人都有。于是一辈子没想过的问题涌上了心头：咱们出门去，穿点什么好呢？刚到美国那一个月，不管是上课还是见导师，都是盛装前往。过了一段时间，自己也觉得不自然。上课时，那一屋子人个个衣着随便，有穿大裤衩的，有穿 T 恤衫的，还有些孩子嫌不够风凉，在汗衫上用剪子开了些口子。其中有个人穿得严肃一点，准是教授。偶尔也有个把比教授还衣着笔挺的，准是日本来的。日本人那种西装革履也是一种风格，但必须和五短身材、近视眼镜配起来才顺眼。咱们要装日本人，第一是一米五的身高装不出来，第二咱们为什么要装他们。所以后来衣着就随便了。

在美国，有些场合衣着是不能随便的，比方说校庆和感恩节 party。这时候穿民族服装最体面，阿拉伯和非洲国家的男同学宽袍大袖，看了叫人肃然起敬。印度和孟加拉的女同学穿五彩纱丽，个个花枝招展。中国来的女同学身材好的穿上旗袍，也的确好看。男的就不知穿什么好了。这时我想起过去穿过的蓝布制服来，后悔怎么没带几件到美国来。

后来牛津大学转来一个印度人，见了这位印度师兄，才知道什么叫作衣着笔挺。他身高有两米左右，总是打个缠头，身着近似中山服的直领制服，不管到哪儿，总是拿了东西，边走边吃，旁若无人。系里的美国女同学都说他很 sexy（性感）。有一回上着半截课，忽听身后一声巨响。回头一看，原来是他把个苹果一口咬掉了一半。见到大家都看他，他就举起半个苹果说：May I（可以吗）？看的人倒觉得不好意思了。

衣着方面，我也有过成功的经验。有年冬天外面下雪，我怕冷，头上戴了羊剪绒的帽子，身穿军用雨衣式的短大衣，蹬上大皮靴跑出去。路上的人都用敬畏的眼光看我。走到银行，居然有个女士为我推了一下门。到学校时，有个认识的华人教授对我说：Mr. 王，威风凛凛呀。我赶紧找镜子一照，发现自己一半像巴顿将军，一半像哥萨克骑兵。但是后来不敢这么穿了，因为路上有个停车场，看门的老跟我歪缠，要拿他那顶皱巴巴的毛线帽换我的帽子。

我这么个大男子汉，居然谈起衣着来了，当然是有原因的。衣着涉及我一件痛心的体验。有一年夏天，手头有些钱，我们两口子就跑到欧洲去玩，从南欧转到北欧，转到德国海德堡街头，清晨在一个喷水池边遇到国内来的一个什么团。他乡遇故知，心里挺别扭。那些同志有十几个人，扎成一个堆，右手牢牢抓住自己的皮箱，正在东张西望，身上倒个个是一身新，一看就是发了置装费的，但是很难看。首先，那么一大疙瘩人，都穿一模一样的深棕色西服，这种情形少见。其次，裤子都太肥，裤裆将及膝盖。只有一位翻译小姐没穿那种裤子，但是腿上的袜子又皱皱巴巴，好像得了皮肤病。再说，纳粹早被苏联红军消灭了，大伙别那么紧张嘛。德国人又是笑人在肚子里笑的那种人，见了咱们，个个面露蒙娜丽莎式的神秘微笑。我见了气得脑门都疼。

　　其实咱们要不是个个都有极要紧的公干，谁到你这里来受这份洋罪？痛斥了洋鬼子以后，我们也要承认，如今在世界各大城市，都有天南海北来的各种各样的人，其中国内公出的人在其中最为扎眼，和谁都不一样，有一种古怪气质，难描难画。以致在香港满街中国人中，谁都能一眼认出大陆来的表叔。这里当然有衣着的问题，能想个什么办法改变一下就好了。

　　*载于 1993 年第 1 期《四川文学》杂志。

域外杂谈·食

　　到了国外吃过各种各样的东西，其中有些很难吃。中国人假如讲究吃喝的话，出国前在这方面可得有点精神准备。比方说，美国人请客吃烤肉，那肉基本上是红色的。吃完了我老想把舌头吐出来，以为自己是个大灰狼了。至于他们的生菜色拉，只不过是些胡乱扯碎的生菜叶子。文学界的老前辈梁实秋有吃后感如下：这不是喂兔子吗？当然，在一个地方呆久了，就会发现哪些东西是能吃的。在美国呆了一两年，就知道快餐店里的汉堡包、烤鸡什么的，咱们都能吃。要是美国卖的 pizza 饼，那就更没问题了。但是离开美国就要傻眼。到欧洲玩时，我在法国买过大米色拉，发现是些醋泡的生米，完全不能下咽。在意大利又买过 pizza 饼，发现有的太酸，有的太腥，虽然可以吃，味道完全不对。最主要的是 pizza 顶上那些好吃的融化的奶酪全没了，只剩下番茄酱，还多了一种小咸鱼。后来我们去吃中国饭。在剑桥镇外一个中国饭馆买过一份炒饭，那些饭真是掷地有声。后来我给我哥哥写信，说到了那些饭，认为可以装进猎枪去打野鸭子。那种饭馆里招牌虽然是中文，里外却找不到一个中国人。

这种事不算新鲜，我在美国住的地方不远处，有一家饭馆叫竹园，老是换主。有一阵子业主是泰国人，缅甸人掌勺，牌子还是竹园，但是炒菜不放油，只放水。在美国我知道这种地方，绝不进去。当然，要说我在欧洲会饿死，当然是不对的。后来我买了些论斤卖的烤肉，用啤酒往下送，成天醉醺醺的。等到从欧洲回到美国时，已经瘦了不少，嘴角还老是火辣辣的，看来是缺少维生素。咱们中国人到什么地方去，背包里几包方便面都必不可少。有个朋友告诉我说，假如没有方便面，他就饿死在从北京开往莫斯科的火车上了。

据我所知，孔夫子要是现在出国，一定会饿死。他老人家割不正不食，但是美国人烤肉时是不割的，要割在桌上割。而那些餐刀轻飘飘的，用它们想割正不大可能。他老人家吃饭要有好酱佐餐。我呆的地方有个叫北京楼的中国菜馆，卖北京烤鸭。你知道人家用什么酱抹烤鸭吗？草莓酱。他们还用春卷蘸苹果酱吃。就是这种莫名其妙的吃法，老外们还说好吃死了。

孔夫子他老人家要想出国，假如不带厨子的话，一定要学会吃 ketchup，这是美国人所能做出的最好的酱了。这种番茄酱是抹汉堡包的，盛在小塑料袋里。麦当劳店里多得很，而且不要钱。

每回我去吃饭，准要顺手抓一大把，回来抹别的东西吃。他老人家还要学会割不正就食，这是因为美式菜刀没有钢火（可能是怕割着人），切起肉来总是歪歪扭扭。

假如咱们中国人不是要求一定把食物切得很碎，弄得很熟，并且味道调得很正的话，那就哪儿都能去了。除此之外，还能长得肥头大耳，虎背熊腰。当然，到了那种鸡翅膀比大白菜便宜的地方，谁身上都会长点肉。我在那边也有九十公斤，但是这还差得远。马路上总有些黑哥们，不论春夏秋冬，只穿小背心儿，在那里表演肌肉。见了他们你最好相信那是些爱好体育的好人，不然就只好绕道走了。

假如你以为这种生肉生菜只适于年轻人，并非敬老之道，那就错了。我邻居有个老头子，是画广告牌的，胡子漆黑漆黑，穿着瘦腿裤子跑来跑去，见了漂亮姑娘还要献点小殷勤。后来他告诉我，他七十岁了。我班上还有位七十五岁的美国老太太，活跃极了，到处能看见她。有一回去看校合唱团排练，她站在台上第一排中间。不过那一天她是捂着嘴退下台来的，原来是引吭高歌时，把假牙唱出了嘴，被台下第三排的人拣到了。不管怎么说罢，美国老人精神真好，我爸我妈可比不上。

假如你说，烹调术不能决定一切，吃的到底是什么也有很大关系，这我倒能够同意。除此之外，生命还在于运动。回国前半年有时间，我狠狠地练了练。顶着大太阳去跑步，到公园里做俯卧撑。所以等回国时,混在那些短期(长期的不大有回去的)考察、培训的首长和老师中间,就显得又黑又壮。结果是过海关时,人家让我等着,让别人先过。除此之外还搡了我一把,说出国劳务的一点规矩也没有。当时我臊得很。现在我食不厌精、脍不厌细,躲风躲太阳地养了三年多,才算有点知识分子的模样了。

* 载于 1993 年第 4 期《四川文学》杂志。

域外杂谈·住

　　人都是住在房子里，这是不易之理。是什么样的人就会住什么房子，恐怕有的人就体会不这么深了，这是因为房子是人造的，又是人住的。在美国，有些人住在 apartment 里面，有些人住在 house 里面，这两种东西很不一样。apartment 是城里的公寓楼，和咱们的单元楼有点像。所不同的是楼道里铺了红地毯，门厅里坐了位管理员。再体面一点的楼，比方说，纽约城里五大道（Fifth Avenue）的公寓楼，门前就会有位体面的老先生，穿着红制服给客人拉车门。这样的地方我没去过，因为不认识里面的人。从车子来看，肯定是些大款。再有就是门前有网球场，楼顶上有游泳池。不过这也说明不了什么，只说明有钱——盖房子的花了钱，住房子的更有钱。钱这种东西，我们将来会有的，我对此很有信心。再有就是阳台上没有堆那些破烂——破木头、破纸板、破烟囱等等，这说明什么我也不知道。有一次一位认识的法国姑娘指着北京阳

154

台上那些伤风败俗的破烂说道：北京也是座大城市，这些楼盖得也不坏，住在这里的人应该很有体面，怎么这些房子弄得像贫民窟一样？我没接她的茬。

说到了 apartment，我就想起了巴黎市中心的楼房。那里面不一定是公寓房子，但是看上去有点像公寓楼房。灰白色的石块砌的，铅皮顶，镂花的铁窗栏，前面是石块铺的街道。到底好在哪里说不出来，但是确实好看。据此你就可以说，巴黎是一座古城，是无与伦比的花都。北京原来也是一座无与伦比的古都，它的魅力在于城墙。在美国遇到了一位老传教士，他在中国住了很多年，一见我就问起北京的城墙。我告诉他已经拆了，他就露出一种不想活了的模样。

至于 house，那是在郊区或者乡下的一座房子，或者是单层，或者是两层，里面住了一家人，house 这个词，就有家的意思。但是没有院墙。我向你保证，假设门前绿草成茵，屋后又有几棵大树，院墙那种东西就是十足讨厌。不但妨碍别人看你的花草，也妨碍自己看风景。几摊烂泥，几只猪崽子，当然不成立为风景，还是眼不见为净。不过我没在外国的 house 附近见过烂泥和猪崽子。当然，这些东西哪里都会有，但是欧美人不乐意它在家附近出现。假如我对这类事态理解得对的话，house 这个词，应该译为家园，除了房子，还有一片开放的环境。会盖深宅人院的，不过是些有钱的村牛罢了。

美国的 house 必有一片草坪，大可以有几百亩，小可以到几平方米。不过大有大的坏处，因为草坪必须要剪。邻居有个家伙实在懒得弄，就用碎树皮把它盖起来，在上面种几棵罗汉松。这样看上去也不坏，有点森林气氛。绝对没人把草拔光了，把光光的地皮露出来，叫它下雨时流泥汤子。谁要动土盖房子，就要先运来卵石把挖开的地面盖上。这是因为边上有别人的 house。有的人的 house 有池塘，还有的人有自己大片的湖，湖水舀上来不用消毒就可以喝。不过这些就越扯越远。美国也有的地方地皮紧张，把房子盖在山上，但是不动山上的树，也不动山上的草，把房子栽到山上。然后山还是那座山，树还是那些树，属人、鸟、兽共有，不像咱们这里把什么都扒得乱糟糟，像个乱葬场。这样的事和贫富没什么大关系，主要是看你喜欢住在什么地方。顺便说一句，在美国大多数地方，小松鼠爬到窗台上是常有的事。

但是在热爱家园方面，美国佬又何足道哉。欧洲人把家弄得更像样。世界上最好的 house 是在奥地利的萨尔兹堡附近的山区，房龙就是这么说的。我认为他说的有道理。造起这些房子的不是什么富人，不过是些山区的农民罢了。我去看时，见到那房子造在枞树林里。但是有关这些房子的事不能细讲，一讲我就心里痒痒，想到奥地利去连树林带房子都抢回国来。只能讲这样的一件事：我在林子边上见到一条通到农民家的小路，路上铺了一种发泡的碎石头，一尘不染。那条路铺石板或铺别的东西就没那么好看了。

不过我以为荷兰的牧场、风车、沟渠、运河等等，也是一片美丽的家园，不在奥地利之下。德国的海德堡在内卡河畔，河上有座极美丽的桥。有个洋诗人写道：老桥啊，你多次承载了我！再接下去就说他要死在桥上。剑桥镇边有个拜伦塘，虽然只是荒郊野外的一个小池塘，但是和上个世纪拜伦勋爵跳到塘里游泳时相比，池岸上一棵草都没有少。到处绿草茵茵，到处古树森森，人到了这种地方，就感到住在这里的人对这片环境的爱心，不敢乱扔易拉罐。而生在这里的人也会爱护这里的一草一木，挖动一片泥，移动一块石头都会慎重。人不爱自己的家就无以为人，而家可不只是房门里那一点地方。

　　* 载于 1993 年第 5 期《四川文学》杂志。

域外杂谈·行

　　我们（我和我太太）在美国做学生时，有一年到欧洲去旅行，这需要订美国到欧洲的来回票，还要订欧洲的火车票。这件事说起来复杂，办起来却非常简单。我们俩到学校办的旅行社去，说明了我们的要求，有一位小姐拿起电话听筒来说，你们是要最便宜的票，对罢。然后就拨了几个电话，一切都订妥了。去时乘科威特航空公司的飞机，回来时到比利时乘美国的"人民快航"，在欧洲用欧洲铁路通票。我们只消在约定的时间，前往美国和欧洲的几个旅行机构，就可以取到一切需要的票证，完成经过十几个国家、历时一个月的旅行。这种订票的方式还是最麻烦的，假如我们有信用卡，就可以不去学校的旅行社，在家里打几个电话把一切票订好。这是六七年前的事，现在大概还是这样的罢。

　　我太太最近到非洲去开了一个国际会议——具体开的什么会，

158

去了哪个国家，在这里就不说了。会议的议题很重要，参加会议的也是高水平的学者和活动家，从这个意义上说，会议的质量很高。但要说会议的组织，恐怕就不能这样评价。她认为自己做了一次艰巨的旅行，我也同意这种看法。首先，前往开会的地点就很不容易。这是因为来回机票都是会议组委会给订，对方来了一个电传，告知航班的日期、换机地点等等，却没告诉是什么航空公司。给非洲的组委会打电话，却怎么也打不通。于是她就跑遍了全北京一切航空公司去打听是否有这么一张票，当然重点怀疑对象是非洲的航空公司，但是没有打听到。然后她又给非洲的组委会打电话和电传，还是打不通。从这种情形来看，她后来能够出席那个会议，纯属偶然。

等到她从非洲回来之后，告诉我当地的电话的情形是这样：当地是有电话的，比方说，她们开会的会场——一所大学，就有唯一的一部电话在门房里。假如有人给会议代表打电话，在理论上就会有一个人从门房出来，跑到宿舍，找到代表的房间叫她去接电话，这个过程大约需要一小时，与此同时，对方手拿听筒在等待。假如是越洋电话的话，电话费就要达到天文数字。但是门房里根本就没人专管听电话，所以这种事不会发生。而从非洲发出的电传看起来就如一群蚊子在天上形成的图案一样，很不容易看明白，可以想象传到那里的电传也是这样的。这就使别人几乎无法和他们联系。这样有好处，也有不好处。好处是你不会在凌晨五点被叫起来听一个由你付款的电话，这是一位去度假的同学打来的，他忘了交论文或者交学费，总之，你得替他跑一趟；坏处是外面的人没法和他们做生意。我太太说，那地方虽然是一个国家的首都，却没有什么工商业，好像一个大集市。我想这不足为怪。

那张机票的事是这样的：组委会是给我太太订了票，但却和别人订在了一起，并且用了别人的名字，所以怎么查也查不出。考虑到中国有十几亿人口这一现实，我太太最后找到了这张票并且去了非洲，实属奇迹。但是因为票来得太晚，种的疫苗还没生效，所以是冒着生霍乱和黄热病的危险去的。到了当地，一面开会，一面为回程机票而奔忙。会议的工作人员是一些和蔼可亲的非洲大婶，不管你问到谁，都告诉你应该去找另外一个谁。机场的工作人员则永远说，你明天再来罢，问题肯定能解决。所有这些大叔大婶，工作都很辛苦，热汗直流。那些来自亚非拉的代表们，个个也是热汗直流。我不知最后她是怎么回来的，她自己也不知道。作为一个学者和作者，各种各样的经历都对她有益，所以有必要的话，她还会去那个国家。但假如是一位视时间为金钱的商人，恐怕就不会得到这样的结论。

我老婆学会了一句非洲话，不知是哪一国的，反正非洲人都能听懂："哇呀哇呀哇呀！"据说是进步的意思。"哇呀哇呀哇呀阿非利加"就是：非洲，进步呀。晚上大家跳土风舞时，就这样喊着。看起来哇呀哇呀哇呀十分必要。我们国家的通讯、旅行条件，大概比东非国家好，但和世界先进水平比，还是很差。让我们也高呼：哇呀哇呀哇呀，China！

＊载于 1994 年第 1 期《山西青年》杂志，题为"走进现代空间"。

域外杂谈·中国餐馆

　　到美国第二年上一个人类学课，要交个 term paper。教授要我们去调查一群人或是一类人，写个故事出来。我跟教授说，想调查一下广东人。他说这不好，你又不是广东人。他还说有不少中国人在餐馆打工，何不写写这个呢。开头我不大想去，后来一想，去看看也好，就到一家餐馆干了两个月，老板叫周扒皮。后来我和老板吵翻了扬长而去。这篇 paper 得了好几个 A，教授叫辛格顿，当过全美人类学主席。我扯这一大堆，是要说明自己到餐馆里打工是去做研究，不是为了挣钱。交待了这些以后，就该书归正传。我去的那家餐馆，叫作 × 厨，我在厨房里洗碗。那家店当时生意好得不得了，雇了三个厨子，大厨炒菜，二厨耍嘴皮子兼带欺负三厨，三厨整天长吁短叹。后来我和三厨混得蛮熟，我俩还搭点老乡。这老家伙当时有五十岁，经常喝酒，一副潦倒相，在美国也有二十多年了，一句英文不会讲。他的故事是一个匹兹堡中国

162

男人的故事。匹兹堡不是曼哈顿，男人不是女人，所以这故事一点不浪漫。不仅不浪漫，还有点悲惨。这个三厨姓李，是山东人，从小就被国民党拉了壮丁，径直拉到了台湾，在军队里最大干到了司务长。

×厨的餐厅有点古怪，一进门就拐弯，先往左拐，后往右拐，简直像肠子在肚子里的模样。但是总面积可不小，能放三四十桌。装潢也是蛮好的。我说设计这餐厅的人有大学问，这叫作曲径通幽。我那位老乡说，这儿原来是个破仓库，把门口拦起来，做了春卷店，有门面没桌子。干了一些年，挣了一点钱，才装修一小片，卖起炒菜来，再卖一些年，才有钱又装修一小片。这么曲里拐弯，是要遮住后面的破烂。要是满墙烂纸被人看见，谁还来吃饭？十冬腊月在街面上卖春卷，呵气成烟；白天炒一天菜，半夜里再当木匠、泥水匠，这滋味可不好受。所以，什么他妈的曲径通幽，叫蚯蚓打洞更正确。这个店是我老乡花了近十年时间白手起家练出来的。他真的吃了不少苦头。不过话说回来，在美国创业，谁不吃苦头。我老乡又说，吃苦他不抱怨，就是这辈子苦吃得太多了一点。原来他退了役在台北开店，日子蛮不坏的，忽然来了老客，说是到纽约混罢，可以发财。绿卡包在我身上。于是我老乡拿了个旅游签证就去了。到纽约下了飞机，连时差还没转过来哪，就被按到灶上炒上菜了。人家还告诉他：可不敢出门呀！移民局正逮你这样的哪。于是白天炒菜，晚上看店，一干十几年，别说逛街去，

163

连日头也很少看见。

这故事讲到这里，基本上算明白了。原来这 × 厨曾是他的店。至于他从纽约怎么到了这儿来，也不难想象。他在纽约干了十几年后，人家给他一张绿卡说，瞧，我给你办来了，咱们两清了。我们山东人是慈厚，但不傻，知道十几年血汗换张纸片不值。所以再不能给那种人面兽心的家伙干，一定要自己闯天下。纽约中餐馆太多不好混，就到匹兹堡来了。在这里当大厨，但是给自己干。

有关我自己，还没有给你做个介绍。我插过队，到过兵团，当过工人，什么活都干过。照我看在美国当厨子是最累的。假如他做两顿饭的话，上午九点多就到店里了，收拾厨房，备菜，忙忙叨叨，到十点多就开炒，一直炒到一点多，收拾厨房，给员工做一顿饭，就到夜里两点多了，这是顺利的一天。假如有个把客人屁股沉，坐在店里不走，也不能撵人家走，顶多去多问几次：先生，您还要点什么？这样准弄到早上四点。假如卫生局来查店，那就要通宵挑灯大战。卫生局的还老来，逼得你撅着屁股钻到灶台下面用钢丝刷子刷油泥。据我统计，这些厨子每天总要干十五个钟点，烈火烤，油烟熏，而且没有星期天。要是给别人干，每月还可以向老板请两天假。给自己干就什么都没了。虽然外面是花花世界，也没工夫去看。与此同时，什么生命呀，青春哪，就如一缕青烟散去了。这么苦熬总要图个什么罢。× 厨里三个厨子，大厨快七十了，现在不是给儿子攒，是给孙子挣学费。一说起养活了一大堆儿孙，也蛮有自豪感。二厨坚持到月底，请了假就驱车直扑新泽西赌场，把钱输光了就回来。不管怎么说，这么活着也算有点刺激。只有这位老乡，前李老板，他自己也不知为什么要熬下去。

李老板说，他到匹兹堡来创业时，是三十多岁，光棍一条，上无父母，下无妻儿，一辈子苦惯了，也不觉得干活苦。这话有点不对头，他哪里来的这么高觉悟？我还不明白的是他开餐馆，不懂英文成吗？一说到这里，我老乡就有点羞答答。原来他开餐馆时，是和个意大利女人搭一伙。有一阵他还能讲点意大利话，是在纽约学的。纽约唐人街就靠着小意大利，中国大厨认识意大利姑娘不稀奇。也不知怎么的，人家就和他私奔了。这件事有点浪漫色彩。奔到了匹兹堡，我老乡拿出毕生积蓄和吃奶的力气开起店来，那娘们只管收银。原来是爱情的力量支持他创业。除此之外，他还开了洋荤。我老乡说，就甭追问了，女人都是毒蛇，色字头上一把刀。

对于意大利，我也略有所知。意大利风光秀丽，意大利姑娘漂亮。我们到意大利去玩，被人偷走了钱包和相机。找警察报案，他说偷了就偷了，不偷你们外国人偷谁。咱们的同胞杨传广，到罗马参加奥运会，本来该拿金牌，被一个意大利姑娘瞟上，破了他的童子功，结果只拿了铜牌，金牌被意大利拿走了。这说明意大利人惯使美人计。杨传广是中华田径史上不世出的奇才，号称十项铁人，着上了还一败涂地，何况区区李老板。李老板说，开头那个意大利女人是真心跟他好，满嘴都是 sweet-heart。这件事也可能是真的。谁都知道中国饭好吃，厨房里难闻；炒一天菜，一身的油腥味，怎么洗都洗不去。再说，在美国做久了的厨子，脸色全惨黄，和熟透了的广柑皮相似。我很怀疑油烟会和脸皮起化学反应，产生深黄的生成物。再加上他一天要干十八小时活，到了床上准不大中用。假如有浪漫爱情，这些都算不了什么。但是他店里生意虽好，却缺少现钱。甚至到了没钱买菜，去买便宜货的地步。在美国干餐饮，最忌讳的就是这个，一片烂菜叶就能毁一个店。不像现在北京的小饭馆，见到农民大哥来吃饭，就把筋头筋脑大肥肉往菜里炒。到了这个地步，他该打听打听了。一打听就打听出来，这女人在外面开了个 pizza 店，店里还有个意大利裔的小白脸。我对我老乡说，这小白脸没准是从纽约跟来的。我老乡一听就翻了脸，差点拿菜刀砍我。

我在 × 厨做了两个月，却好像有好几年。因为总是没完没了地洗盘洗碗倒垃圾。除此之外，还有个虐待狂二厨，刻薄无比的老板周扒皮，老憋不住想啐他们一口。我每周只做两晚都度日如年，更何况李老板整天呆在他以前拥有的店里。他未老先衰，手脚都慢；周扒皮说，收留他是做好事，所以不能给他太多工钱。因为以上原因，我老乡又来找我聊。我俩下了班要去等公共汽车。黑更半夜的，一等就是一两个小时车也不来。他发誓说，那个意大利姑

166

娘原来对他是真心的，后来才变了。后来那个姑娘说，要离开他了，但是不要他的钱。除此之外，她还给他找了个老婆，是个秘鲁人。这女人也说不上是白人、黑人还是红种人，因为南美人血统最杂。他听不懂西班牙文，她听不懂中文，而美国通用的语言英文，两人都一窍不通。有件事不说话也能干，他们就干起来，孩子接二连三生出来。一个个黑又不黑，黄又不黄，简直奇形怪状。还有一桩古怪，那些孩子全讲他妈的话，一句中文也不讲。他一回家，就陷入无言的围观之中。这种气氛叫人毛骨悚然。只有揍哭几个，心里才能好受一点。他告诉我说，看着一屋小崽子，简直不知自己干了些什么。

我老乡告诉我说，那个意大利女人给他介绍了老婆，就离开了他的店，果然没拿一分钱。底下的事也不难想象，过了些时候，各种各样的人就拿了有他本人签字的有效文件出现了，那女人以×厨李老板的名义借了许多钱，把店卖了也还不清。这些字是他签的，可是他并不知道签了是干什么的。到了这地步，他还爱着她，觉得为了爱情损失了毕生积蓄，也算是个题目罢。直到有一天灵机一动，找了个懂西班牙文的中国人来盘问了一下他老婆，结果不出所料，这秘鲁人原本是个难民，没有绿卡，和李老板结婚同时才拿到的。为了撮合这桩婚姻，那位可爱的意大利女人收了不少介绍费。知道了这件事后，他才不爱她了。

我离开×厨不久，李老板就被周扒皮开掉了。后来他就蹲在家里喝闷酒，因为他的确老了，没有中国饭馆肯雇他。这个故事也是老生常谈，我一直懒得把它写出来。现在忽然写了出来，乃是有感于坊间的各种美国故事。这故事的寓意是提醒诸君：假如你想到美国发财，首先最好是女人而不是男人；其次一定要去曼哈顿，千万别去别的地方。

前面提到 × 厨的老板叫周扒皮。这位仁兄长一张刀子脸，一看就是个刻薄人。他舍不得给员工好东西（当然也舍不得多给钱），大家恨他恨得要命。有人跑到厨房里，抓起生虾生鱼就吃，理由是不能便宜了周扒皮；但是结果是往往把自己泻到脸尖尖的。据说还有人在 × 厨的厨房里生吃鸡腿，连骨头都嚼成渣咽下了肚，但是我没看见，不能确认。有一回他去纽约几天，不在家里，门上被人用黄油漆大书"周扒皮"。那家餐馆后来变得七颠八倒，没个生计的模样。我在那里干得不长，就和周扒皮闹翻了，换了一家餐馆来干。这一家算是个老字号，有十来年的历史。老板和我岁数差不多，姓 Y。他那家店在一个犹太人聚居区，一点也不繁华。他也不做广告，所以除了住在那个社区的人，别人都不大知道。那是一座黑色的玻璃房子，假如门上不写那几个中国字，就不像中国餐馆。店里雇的人也杂得很，有中国人、韩国人，还有高鼻梁的美国人。原来他那家店是谁想去干都可以的。有一回一个韩国女孩子，本人是艺术家，不缺钱的；却发现 Y 老板是个光棍汉，狠下心来到他店里刷了几个月的碗。但是 Y 老板装傻充愣地不上钩，气得那女孩背地里咬牙切齿地说他是pervert（性变态）。又过些日子，发现他还不来上钩，她就不来了。

Y老板的店堂里有一幅宣纸写的波罗蜜多心经。这段经文最通俗了，《西游记》里全文抄录，我十六岁时一张嘴就能带出几句来："揭谛！揭谛！波罗揭谛！"等等。所以看了那经，也没有什么特殊的感觉，只是觉得Y老板怪逗的，还把它写了出来。后来有一天，有个新搬来的老犹太到店里来吃饭，Y老板炒完了菜，就跑出去和他聊起来，说起大家共同的地方——都要挣钱、吃饭等等。最后说，大家都信教，只是你们信犹太教，我信佛，这经就是用我的血写的。该犹太一听，马上起来，对着经文立正，请Y老板给他念了一遍。临走时还和他握手说：Y老板，我很尊敬你，过几天介绍几个朋友来。后来才知道，这经还真是用Y老板的血写的，而且是舌头上割出的血。写完经还剩了半碗，又写了几个大字"身为中国人而自豪"，挂在旁边。这里面没有一点玩世不恭的态度。他就是这么挺严肃地告诉洋人：作为中国人，我和你们不一样；但是作为人，和你们是一样的，完全可以信任。这也是一种生计。

这位Y老板同时也是大厨，炒四川菜和北京菜。我祖籍四川渠县，北京长大，依我看他炒得相当像川菜，又有点像京菜。就是这样，还常有客人说宫保菜里辣椒糊了。所以美国那地方把菜做地道了行不通。每天从早到晚，也是要干十五个钟点。据我所知，虽然入了美国籍，他在台湾也算个干部子弟哩。何况他在美国拿到了建筑学硕士学位，蛮可以找个建筑师的事干干。说实在的，给我他那份钱我要，让我干他的事我不干——在此顺便说说我自己，过去我也极能吃苦，十六岁就跑到云南去开荒，一天干十六七个钟点的时候都有。如此干了几年，临走时一看，没开出什么田来，反而把所有的山全扒坏了。一下雨又是泥又是水，好像在流屎汤子。从此就相当的懒。从不给钱也拼命干变到不缺钱就不干——所以我就问他。他说干这个餐馆是应该的。有这么个店，就帮了好多人，当然也帮了他本人。当时在那个店里干活的人可真不少，还有国内名牌大学来的副教授呢。不过这个帮字听起来还是蛮别扭。Y老板也知道剩余价值学说，所以他想让我说说在×厨的遭遇，就这么说：小波，谈谈你在周扒皮手下是怎么受压迫的——他就是不说受剥削。不过应该给他个知耻近勇的评价，因为他干起活来身先士卒，炒完了菜，就帮二厨倒垃圾，帮我刷碗，同时引吭高歌。当时他手下国内来的颇多，你猜猜他唱什么罢——《大海航行靠舵手》。唱完了还说：这歌不坏，有调。晚上打烊后，大鱼大虾炒一顿给大家吃，并且宣布：我是Y老板，不是周老板。他就是这么笼络员工的。

不管Y老板怎么看自己，我还要说他有一切老板的通病。假如没有客人来，前厅的女招待（都是留学生）找个地方坐下来，掏出课本来看，他就阴沉着脸。这种时候你必须站着，对准店外做个翘首以望的样子，他看了才喜欢。这是他小心眼的一面。

也有手面大的一面：每年总有一天，他到公园里租一片地方，把一切在他店里做过的人和一切熟客、邻居都请来吃顿烤肉。他还能记住好多熟客的生日，在那些日子里，献上他免费的敬菜。他是做熟客生意的，所以每位客人都是他生活里不能忘记的一件事——他也希望自己和自己的店成为别人生活里不被遗忘的一件事。这是他的生计。要做到这一点，就要以礼待人，还要本分。

附言：这篇文章中的大部分内容是我亲耳听来的，我来担保到我耳朵以后的真实性。至于杨传广在罗马被人破了童子功以致痛失金牌，是在纽约的华文报纸看来的。我对体育一窍不通，人家怎么说，我就怎么信了。特此声明。

＊载于 1993 年第 4、5 期《四川文学》杂志。

域外杂谈·农场

　　什么地方只要有了中国人，就会有中国餐馆，这是中国人的生计。过去在美国见到的绝大多数中国人都和餐馆有关系。现在不一样了。有的人可能是编软件的，有的人可能是教书的，但是种类还是不多。物理学说，世间只有四种力：强力，弱力，电磁力和万有引力。中国人在外的生计种类也不比这多多少。这些生计里不包括大多数中国人从事的那一种：种地。这是因为按照当地的标准，中国人都不会种地。刚到美国，遇到了一个美国老太太，叫沃尔夫，就是大灰狼的意思。她是个农民，但是不想干了，叫我教她中文，她要到中国来教书。我教她中文，她就教我英文，这是因为她拿不出钱来做学费。但是这笔买卖我亏了。我教了她不少地道的北京话，她却找了几本弥尔顿的诗叫我抑扬顿挫地念。念着念着，我连话都不会说了。沃尔夫老太太有英美文学的学位，但是她教给我的话一出口，别人就笑。这倒不是因为她的学位里有水分，而是因为时代在前进。在报纸上看到哈佛大学英美文学系老师出个论文题：论《仲夏夜之梦》。学生不去看莎翁的剧本，却去找录像带看。那些录像带里女孩子都穿超短裙，还有激光炮。沃尔夫老太太让我给她念杨万里的诗，念完以后，她大摇其头，说是听着不像诗。我倒知道古诗应当吟诵，但我又不是前清的遗老，怎么能会。我觉得这位老太太对语言的理解到中国来教英文未必合适。最后她也没来成。

　　现在该谈谈沃尔夫老太太的生计——认识她不久，她就请我到她农场上去玩，是她开车来接的。出了城走了四个多小时就到了，远看郁郁葱葱的一大片。她告诉我说，树林子和宅地不算，光算牧场是六百多英亩，合中国亩是三四千亩。在这个农庄上，总共就是沃老太太一个人，还有一条大狗，和两千多只羊。我们刚到时，那狗跑来匆匆露了一面，然后赶紧跑回去看羊去了。沃尔夫老太太说，她可以把农场卖掉。这就是说，她把土地、羊加这只狗交给别人，自己走人，这是可以的。但是这只狗就不能把农场卖掉——换言之，这只狗想把土地、羊加沃尔夫老太太交给别人，自己走掉就万万不能，因为老太太看不住羊。这个笑话的结论是农场上没有她可以，没有它却不成。当然，这是老太太的自谦之辞。车到农场，她就说：要把车子上满油，等会儿出去时忘了可找不到加油站。于是她把车开到地下油库边上，用手泵往车里加油，摇得像风一样快。我替她摇了一会儿，就没她摇得

173

快，还觉得挺累。那老太太又矮又瘦，大概有六十多岁。我是一条彪形大汉，当时是三十五岁。但是我得承认，我的臂力没有她大。她告诉我说，原来她把汽油桶放在地面上，邻居就说有碍观瞻。地方官又来说，不安全。最后她只得自己动手建了个地下油库，能放好几吨油。我觉得这话里有水分：就算泥水活是她做的，土方也不能是她挖的。不过这话也不敢说死了，沃尔夫老太太的手像铁耙一样。后来她带我去看她的家当，拖拉机、割草机等等。这么一大堆机器，好的时候要保养，坏了要修，可够烦人的了。我问她机器坏了是不是要请人修，她就直着嗓子吼起来：请人？有钱吗？

后来我才知道，沃尔夫老太太这样的农夫带有玩票的性质，虽然她有农学的学位，又很能吃苦耐劳，但毕竟是个老太太。真正的个体劳动者，自己用的机器坏了，送给别人去修就是耻辱。不仅是因为钱被人赚走了，还因为承认了自己无能。后来我们到一位吊车司机家做客，他引以为自豪的不是那台自己的价值三十万美元的吊车，而是他的修理工具。那些东西都是几百件一套的，当然我们看了也是不得要领。他还说，会开机器不算一种本领，真正的本领是会修。假如邻居或同行什么东西坏了请他修，就很光荣。而自己的家什坏了拾掇不了要请别人，就很害臊。总而言之，这就是他的生计。他在这方面很强，故而得意洋洋。在美国呆了几年，我也受到了感染。我现在用计算机写作，软件是我自己编的，机器坏了也不求人，都是自己鼓捣。这么干的确可以培养自豪感。

　　沃尔夫老太太有三个女儿，大女儿混得很成功，是个大公司驻日本的代表。这位女儿请她去住，她不肯，说没有意思。我在她家里看到了男人的袜子，聊天时她说到过还有性生活，但是她没和别人一块住。照她的说法，一个人一只狗住在一个农场上是一种理想的生活方式。不过她也承认，这几年实在是有点顶不住了。首先，要给两千只羊剃毛，这件事简直是要累死人。其次，秋天还要打草。除此之外，环绕她的牧场有十几公里的电网，挡住外面的狼（更准确地说是北美野狗）和里面的羊，坏了都要马上修好，否则就不得了啦。等把这些事都忙完就累得七死八活。当时正是深秋，她地上有十几棵挺好的苹果树，但是苹果都掉在地上。她还种了些土豆，不知为什么，结到地面上来了。晚饭时吃了几个，有四川花椒的味道——麻酥酥的。我很怀疑她的土豆种得不甚得法，因为土豆不该是这种味道。远远看去，她那片墨绿色的牧场上有些白点子。走近了一看，是死羊。犄角还在，但是毛早被雨水从肢体上淋下来，大概死了有些日子了。面对着这种死羊，老太太面露羞愧之色，说道：应该把老羊杀死，把皮剥下来。老羊皮还能派上用场，但是杀不过来。除此之外，她也不知道自己有多少只羊。因为那些羊不但在自己死掉，还在自己生出来。好在还有 Candy（她那只狗）知道。Candy 听见叫它名字，就汪汪地叫，摇摇尾巴。我在沃尔夫老太太农场上见到的景象就是这样的。

在美国我结识了不少像沃尔夫老太太这样的人——个体吊车司机、餐馆老板、小镇上的牙医等等，大家本本分分谋着一种生计，有人成功，有人不成功。不成功的人就想再换一种本分生计，没有去炒股票，或者编个什么故事惊世骇俗。这些人大概就叫人民罢。美国的政客提到美国富强的原因，总要把大半功劳归于美国高素质的人民，不好意思全归因于自己的正确领导。回了中国，我也尽结识这样的人。要是有人会炒股票，或者会写新潮理论文章，我倒不急于认识。这大概是天性使然罢。

上文谈到了编故事。有关编故事，我知道一个故事是这样的：我在美国留学时上的那所大学，哲学系极为有名，在全美排到了前三位。物理系不大有名，大概是四十来位。有一天，哲学系一位有名的大教授在物理方面有了一个主意，自以为十分重要，就写了一大篇论文。写完以后，并没有径直拿去发表，而是请物理系的人来听他的论文，物理系来了几个不大有名的小教授和一伙研究生。该教授把论文念了一遍，请听众发表意见。那帮家伙居然一声不吭，最后有位年轻教授掏出烟斗抽了一袋，说道："Wrong story!"就扬长而去。这句话往好里翻译，是说"你这故事编得不对！"往坏里翻译，就是"臭编"。那位哲学教授听了，脸色一半灰，一半绿。后来就把自己的论文塞进了字纸篓。这个故事里虽然提到了编故事，但不是说这位哲学教授自己喜欢编故事。他把著书立说当作一种生计来对待，实际上是相当本分的，要不就不会向内行请教了。

＊载于 1993 年第 5 期《四川文学》杂志。

域外杂谈·盗贼

出门在外，遇上劫匪是最不愉快的经历。匹兹堡虽然是一座比较安全的城市，但也有些不学好的男孩子，所以常能在报上看到抢劫的消息。奇怪的是我们在那里留学的头两年，从来没听说过中国人遭劫。根据可靠消息，我们都在李小龙的庇护之下。这位仁兄虽然死去好几年了，但是他的功夫片仍然在演。

谁都能看出李小龙的厉害之处——在银幕上开打之前，他总是怪叫一声，然后猛然飞出一腿。那些意图行劫的坏蛋看到了，就暗暗咬指道：我的妈！遇上这么一腿，手里有枪也不管用。外国人看我们，就像我们看他们一样，只能看出是黑是白是黄，细微的差别一时不能体会。所以在他们看来，我们个个都像李小龙。

这种情形很快就发生了变化，起因是一九八四年的国庆招待会。那一天我们中国留学生全体出动，占住了学校的大厅，做了饺子、春卷等等食品来招待美国人。吃完了饭，人家又热烈欢迎我们表演节目。工学院的一个小伙子就自告奋勇，跳上台去表演了一套"初级长拳"，说是中国功夫。照我看他的拳打得还可以，在学校的体育课上可以得到四分之上，不过和李小龙的功夫相比，还有很大差距。当场我就看到在人群里有几个小黑孩在扁嘴，好像很不佩服。这种迹象表明不幸的事情很快就要发生，后来它就发生了。

我们那座楼里住了七八个中国人，第一个遭劫的是楼下的小宋。这位同学和我们都不一样，七七年高考时，他一下考取了两个学校，一个是成都体院，一个是东北工学院。最后他上了东北工学院，但是他完全有资格当运动员。因此他就相当自负。晚上到系里做实验，他完全可以开车去，但是他偏要走着去，穿过一大片黑洞洞的草坪，草坪边上还有树林子。我们都劝他小心点，他说不怕，打不过可以跑。这位朋友的百米速度是十一秒几，一般人追不上的。有一天夜里一点多钟，他跑回家里说遭劫了，劫匪是两个人，一个高，一个矮，全是黑孩子。遭劫的地点离家很近，这两个家伙估计还没走远。我们楼里也有四五个男人，听了都很气愤，决心出去找那两个家伙算帐，甚至还找出了一根打棒球的棍子，想拿着去。临出门时我问小宋：

"你跑得快，怎么不跑呢？"

他说那个个高的家伙手里拿了一支手枪。虽然他又补充说，那枪不像是真的，但是大家都认为不该冒险出去。除此之外，还抱怨小宋为什么不早说对方有枪。大家离家好几万公里,家里人对我们又寄予厚望,千万别有个好歹。

过了几天,我也遭了劫。劫匪只有一个,手里也没有枪。他是个白人小伙子,身材没有我高,身体没有我壮,还有点病歪歪的。按说该是我劫他才对,但是我的确被他劫了。对这件事唯一的解释就是:我在不知不觉之中被他劫了。当时天还没大亮,我到公园里去运动。公园在一个山谷里,要经过一个木制的扶手梯,我就在那儿遇上了他。他对我说:伙计,给我点钱。我告诉他说:我没带钱。他说:让我看看你的钱包。(混帐!你凭什么看我的钱包?)我说:我没带钱包。他说:那你兜里鼓鼓囊囊的是什么?(岂有此理,你管得着吗?)我说,那是一盒烟。他说:我就是要向你要根烟。我就给了他烟,借这个机会他也看了我的口袋,里面的确没有钱包。分手之后跑了一百多米,我才想到这是打劫。顺便说一句,括弧里的话都是我后来想起来的。我当时很胖,所有的腰带都不能用了,正在跑步减肥,所以心没往别处想。当然,你要硬说我胆怯,没敢嚷嚷,我也没话可讲。后来知道,那个公园里有人卖毒品。所以我见到的那家伙十之八九是瘾发了,想找我要钱买根大麻杀杀瘾。还有人说,遇上那种瘾急了的家伙,最好给他点钱,否则他会扎你一刀,或者咬你一口。我想这也不是闹着玩的,所以以后我早上跑步都绕着那个公园。

后来有一阵子,匹兹堡的坏家伙专劫中国人,因为他们听说中国学生没有信用卡，身上总有现金。遇劫的人越来越多，工学院的一位兄弟被劫时，还想给劫匪讲讲理想、人生之类，打算做点感化工作，结果被人家打了一拳，口眼歪斜。不过那班家伙从来不劫女生，这说明盗亦有道。但是后来出了例外，被劫的是医学院的小夏，她是匹兹堡最美丽的花朵，中国人的骄傲，也就是说，她长得漂亮极了。这件事的经过照她讲来是这样的：那天晚上十一点左右，她和丈夫在电影院看完电影出来等公共汽车，忽然从黑地里闪出了三条黑人大汉，手持亮闪闪的手枪，厉声喝道：这是打劫！然后就要看他们的钱包。把两个钱包都看过，把钱取走之后，公共汽车来了。那三个劫匪挥舞着手枪上了车——在这种情形之下，他们当然没兴趣上同一辆车接着看热闹，就坐下一班车回家了。根据这种说法，他们被劫实属无奈。她丈夫是个白面书生，不是三条黑人大汉的对手。更何况对方有枪，就算是穆铁柱被手枪顶上一下，恐怕也要有损健康。

但是还有另一种说法。当时有一个中国人在离他们不远的另一个汽车站候车，据他说情形是这样的：晚上十一点多，电影散场了，那条街上没有什么人。小夏和她丈夫在那里候车时，站上有三条黑人大汉，没有藏在黑地里。那三个人穿得是有一点流气，但没有手持手枪，肩上倒扛了个长条状的东西，但既不是机关枪，又不是火箭筒，只是一台录音机。人家在那里又唱又扭，但是小夏他们没来由地发起抖来，隔着马路就听见牙齿打架。我想这和当时有很多人遭了劫有关，也可能和汽车老不来有关。总而言之，又过了一会儿，小两口就开始商量：去问罢？等一会儿。还是去问问。好罢。于是小夏就走到那几位黑兄弟面前，问道：请问你们是不是要打劫？那几个人愣了一会儿，就阴阳怪气地笑起来：对了，我们是要打劫！小夏又说：那你们一定要看我们的钱包了？那些人笑得更厉害：对对，把你们的钱包拿出来！！小夏说：钱包在这儿。人家把钱拿走，把钱包还给她，说一声：Thank you! 就又唱又扭地找地方喝酒去了。这两种说法里我相信后一种，因为那个电影院离警察局很近，警车没地方停时就停在电影院的停车场。美国的警察大叔屁股上总挎着枪，见到劫匪可以朝他们身上打。谁要在那里打劫，一定是身上很痒，想被短鼻子左轮打上一枪。但是你要一心想送钱给人家，人家也不便拒绝。我想自打出了这样的事，我们不但有了身上有现金的名声，还有了非常好劫的声誉，所以遇劫的人就越来越多，仿佛全美的劫匪都到了匹兹堡。但是被劫的情形却越来越少有人提起。这就使人很好奇。

匹兹堡的中国留学生里有一位老金，这位仁兄和我们不一样的地方是他是老大学生，比我们大很多。所以他一听说有人遭了劫，就说：你们年轻人不行！另外，他是朝鲜族，所以有时还说：你们汉族同学胆太小，净惯那些人的毛病。要是碰见我，要钱没有，要命有一条！这些话叫人听了很不舒服，但是谁也不能反驳他。老金有一项光荣的记录，他在欧洲旅行时，有次遇上了持刀劫匪，他就舞动照相机的三角架和对方打了起来，把劫匪打跑了。但是光有这项记录还不能让人服气。我不能说自己盼着老金遇上持枪劫匪冒生命的危险，但是我的确希望，假如遇上了那种人，老金能在劫匪的枪口下给我们"年轻人"树立一个不畏强暴的典范。后来果然有一天，有人在一家超级市场门前见到了老金，只见他手抖得一塌糊涂，嗓子里咯咯乱响，完全不正常。那人就把他搀到车里坐下，弄筒可乐给他喝了。然后一打听，老金果然遭了劫。不过情形和我们指望的不大一样。当时他正在店里逛，口渴了，就到自动售货机去买杯可乐。那地方挺偏僻。忽听"乒"一声响，售货机后跳出个劫匪。那是个小黑孩，只有十二三岁的样子，手持一把小小的螺丝刀，对准了老金，奶声奶气地叫道：打劫！掏钱！！老金脑子里一炸，只听见自己怪叫了一声：滚蛋！滚回家去！吓得那孩子"哇"的一声跑了。吓退了劫匪，老金还气得要命，几乎发了羊角风。

后来匹兹堡的警察抓住了两个劫匪，在大学里开了新闻发布会，以后劫案就没有了。这两个劫匪就是当初劫了小宋的那两个家伙。被劫了的人都说是被这两个家伙劫了，但我不大相信。就我个人而言，我遭劫那次，就不是这两个人所为。现在我想，人活在世界上有两大义务，一是好好做人，无愧于人生一世。这一条我还差得远。另一条是不能惯别人的臭毛病，这一条我差得更远。这一条我们都差得太远了。举个例子来说罢，我住的地方（我

早就回国来了）门前一条马路，所有的阴沟盖全被人偷走了。这
种毛病完全是我们惯出来的。

＊载于 1993 年第 9 期《四川文学》杂志。

在美国左派家做客

上次礼拜九先生来访问我，问我爱听谁的歌。我实在想不起歌手的名字，就顺口说了个披头士。其实我只是有时用披头士的歌来吵吵耳朵。现在我手上有这四个英国佬的几盒磁盘，CD 连一张都没有，像这个样子大概也不算是他们的歌迷。只是一听到这些歌就会想到如烟的往事：好多年以前，我初到美国，深夜里到曼哈顿一位左派家里做客；当时他家里的破录音机正放着披头士的歌。说起来不好意思，我们根本不认识人家，只是朋友的朋友告诉了我们这个地址。夜里一两点钟一头撞了进去，而且一去就是四个人。坦白地说，这根本不是访友，而是要省住旅馆的钱——在纽约住店贵得很。假如不是左派，根本就不会让我们进去，甚至会打电话叫警察来抓我们。但主人见了我们却很高兴，陪我们聊了一夜，聊到了切·格瓦拉、托洛斯基，还有浩然的《金光大道》。这位先生家里有本英文的《金光大道》，中国出版，是朋友的朋友翻译的。我翻了翻，觉得译得并不好。这位朋友谈到了他们沸腾的六七十年代：反战运动、露天集会、大示威、大游行，还讲到从小红书上初次看到"造反有理"时的振奋心情。讲的时候，眼睛里都冒金光。我们也有些类似的经历，但不大喜欢谈。他老想让我们谈谈中国的红卫兵，我们也不想谈。总的来说，他给我的印象就像某位旧友，当年情同手足，现在却话不投机——我总觉得他的想法有点极左的气味。要是按他的说法，我不必来美国学什么，应该回去接着造反，我不觉得这是个好主意。但不管怎么说，美国的左派人品都非常之好，这一点连右派也不得不承认。

我记得这位左派朋友留了一头长发，穿着油光水滑的牛仔裤，留了一嘴大胡子，里面有不少白丝。在他那间窄小、肮脏的公寓里，有一位中年妇女，但不是他老婆。还有一个傻呵呵的金发女孩，也不是他的女儿。总的来说，他不像个成功人士。但历史会给他这样的人记上一笔，因为他们曾经挺身而出，反越战，反种族歧视，反对一切不公正。凌晨时分，我们都困了，但他谈意正浓——看来他惯于熬夜。在战斗的六七十年代，他们经常在公园里野营，在火堆边上弹着吉他唱上一夜，还抽着大麻烟。这种生活我也有过，只不过不在公园里，是在山坡上。可能是在山边打坝，也可能是上山砍木头，一帮知青在野地里点堆火，噢噢地唱上一夜。至于大麻，我没有抽过。只是有一次烟抽完了，我拿云南出的大叶清茶给自己卷了一支，有鸡腿粗细。拿火柴一点，一团火冒了上来，把我的睫毛燎了个精光。茶叶里没有尼古丁，但有不少咖啡因，我抽了一口，感觉好像太阳穴上挨了两枪，一头栽倒在地。只可惜我们过这样的生活没有什么意义，只是自己受了些罪而已。对此我没什么可抱怨的，只是觉得已经够了，我想要干点别的——这是我和左派朋友最大的不同之处。但不管怎么说，在美国的各种人中，我最喜欢的还是左派。

打工经历

在美留学时，我打过各种零工。其中有一回，我和上海来的老曹去给家中国餐馆装修房子。这家餐馆的老板是个上海人，尖嘴猴腮，吝啬得不得了；给人家当了半辈子的大厨，攒了点钱，自己要开店，又有点烧得慌——这副嘴脸实在是难看，用老曹的话来说，是一副赤佬相。上工第一天，他就对我们说：我请你们俩，就是要省钱，否则不如请老美。这工程要按我的意思来干。要用什么工具、材料，向我提出来，我去买。别想揩我的油……

以前，我知道美国的科技发达，商业也发达，但我还不知道，美国还是各种手艺人的国家。我们打工的那条街上就有一大窝，什么电工、管子工、木工等等，还有包揽装修工程的小包工头儿，一听见我们开了工，就都跑来看。先看我们抡大锤、打钎子，面露微笑，然后就跑到后面去找老板，说：你请的这两个宝贝要是在本世纪内能把这餐馆装修完，我输你一百块钱。我脸上着实挂

188

不住，真想扔了钎子不干。但老曹从牙缝里啐口唾沫说：不理他！这个世纪干不完，还有下个世纪，反正赤佬要给我们工钱……

俗话说，没有金刚钻，别揽瓷器活。要是不懂怎么装修房子就去揽这个活，那是我们的错。我虽是不懂，但有一把力气，干个小工还是够格的。人家老曹原是沪东船厂的，是从铜作工提拔起来的工程师，专门装修船舱的，装修个餐馆还不知道怎么干嘛……他总说，当务之急是买工具、租工具，但那赤佬老板总说，别想揩油。与其被人疑为贪小便宜，还不如闷头干活，赚点工钱算了。

等把地面打掉以后，我们在这条街上赢得了一定程度的尊敬。顺便说一句，打下来的水泥块是我一块块抱出去，扔到垃圾箱里，老板连个手推车都舍不得租。他觉得已经出了人工钱，再租工具就是吃了亏。那些美国的工匠路过时，总来聊聊天，对我们的苦干精神深表钦佩。但是他们说，活可不是你们俩这种干法。说实在的，他们都想揽这个装修工程，只是价钱谈不拢。下一步是把旧有的隔断墙拆了。我觉得这很简单，挥起大锤就砸——才砸了一下，就被老板喝止。他说这会把墙里的木料砸坏。隔断墙里能有什么木料，不过是些零零碎碎的破烂木头。但老板说，要用它来造地板。于是，我们就一根根把这些烂木头上的钉子起出来。美国人见了问我们在干什么，我如实一说，对方捂住肚子往地下一蹲，笑得就地打起滚来。这回连老曹脸上都挂不住了，直怪我太多嘴……

起完了钉子,又买了几块新木料,老板要试试我们的木匠手艺,让我们先造个门。老曹就用锯子下起料来。我怎么看,怎么觉得这锯子不像那么回事儿,锯起木头来直拐弯儿。它和我以前见过的锯子怎么就那么不一样呢。正在干活,来了一个美国木匠。他笑着问我们原来是干啥的。我出国前是个大学教师,但这不能说,不能丢学校的脸。老曹的来路更不能说,说了是给沪东船厂丢脸。我说:我们是艺术家。这话不全是扯谎。我出国前就发表过小说,至于老曹,颇擅丹青,作品还参加过上海工人画展……那老美说:我早就知道你们是艺术家!我暗自得意:我们身上的艺术气质是如此浓郁,人家一眼就看出来了。谁知他又补充了一句,工人没有像你们这么干活的!等这老美一走,老曹就扔下了锯子,破口大骂起来。原来这锯子的正确用途,是在花园里锯锯树杈……

我们给赤佬老板干了一个多月,也赚了他几百块钱的工钱,那个餐馆还是不像餐馆,也不像是冷库,而是像个破烂摊。转眼间夏去秋来,我们也该回去上学了。那老板的脸色越来越难看,天天催我们加班。催也没有用,手里拿着手锤铁棍,拼了命也是干不出活来的。那条街上的美国工匠也嗅出味来了,全聚在我们门前,一面看我们俩出洋相,一面等赤佬老板把工程交给他们。在这种情况下,连老曹也绷不住,终于和我一起辞活不干了。于是,这工程就像熟透的桃子一样,掉进了美国师傅的怀里。本来,辞了活以后就该走掉。但老曹还要看看美国人是怎么干活的。他说，这个工程干得窝囊，但不是他的过错，全怪那赤佬满肚子馊主意。要是由着他的意思来干，就能让洋鬼子看看中国人是怎么干活的……

美国包工头接下了这个工程，马上把它分了出去，分给电工、木工、管子工，今天上午是你的，下午是他的，后天是我的，等等。几个电话打出去，就有人来送工具，满满当当一卡车。这些工具不要说我，连老曹都没见过。除了电锯电刨，居然还有用电瓶的铲车，可以在室内开动，三下五除二，就把我们留下的破烂从室内推了出去。电工上了电动升降台，在天花板上下电线，底下木工就在装配地板，手法纯熟之极。虽然是用现成的构件，也得承认人家干活真是太快了。装好以后电刨子一刨，贼亮；干完了马上走人，运走机械，新的工人和机械马上开进来……转眼之间，饭馆就有个样儿了……我和老曹看了一会儿，就灰溜溜地走开了。这是因为我们都当过工人，知道怎么工作才有尊严。

＊载于 1996 年第 8 期《辽宁青年》杂志。

门前空地

十年前我在美国，每天早上都要起来跑步，跑过我住的那条街。这条街上满是旧房子，住户一半是学生，另一半是老年人。它的房基高于街道，这就是说，要走上高台阶才到房门口。从房子到人行道，有短短的一道漫坡。这地方只能弄个花坛，不能派别的用场——这就是这条街的有趣之处。这条街上有各民族的住户，比方说，街口住的似是英裔美国人，花坛弄得就很像样子。因为这片空地是漫坡，所以要有护墙，他的护墙是涂了焦油的木材筑成，垒得颇有乡村气氛。花坛里铺了一层木屑，假装是林间空地。中央种了两棵很高的水杉，但也可能是罗汉松——那树的模样介于这两种树之间，我对树木甚是外行，弄不清是什么树。一般来说，美国人喜欢在门前弄片草坪，但是草坪要剪要浇，还挺费事的；种树省心，半年不浇也不会死。

我们门前也是草坪，但里面寄宿的学生谁也不去理它，结果长出耐旱的蒿子和茅草来，时常长到一人多高。再高时，邻居就打电话来抱怨说这些乱草招蚊子，我们则打电话叫来房东，他用广东话嘟囔着，骂老美多事，把那些杂草砍倒。久而久之，我们门前又出现了个干草垛。然后邻居又抱怨说会失火，然后房东只好来把这些干草运走。上述两栋房子里的人都不想伺候花草，却有这样不同的处理方法。但我们门前比较难看，这是不言而喻的。

我们左面住了一家意大利人。男主人黝黑黝黑，长了一头银发，遇上我跑步回来，总要拉着我嘀咕一阵，说他要把花坛好好弄弄。照我看，这花坛还不坏，只是砖护墙有些裂缝，里面的土质也不够好，花草都半死不活。这位老先生画了图给我看，那张图画得太过规范，叫我怀疑他是土木工程师出身。其实他不是，他原来是卖比萨饼的。这件事他筹划来筹划去，迟迟不能开工。

在街尾处，住了一对中国来的老夫妇，每次我路过，都看到他们在修理花园，有时在砌墙，有时在掘土，使用的工具包括了儿童掘土的玩具铲以及各种报废的厨具。有一回我看到老太太在给老头砌的砖墙勾缝，所用的家什是根筷子。总而言之，他们一直在干活，从来就没停过手。门前的护墙就这么砌了出来，像个弥勒佛，鼓着大肚子。来往行人都躲着走，怕那墙会倒下来，把自己压在下面。他们在花园里摆了几块歪歪扭扭的石头，假装是太湖石。但我很怕这些石头会把老两口绊倒，把他们的门牙磕掉……后来，他们把门廊油得红红绿绿，十分恶俗，还挂上了一块破木板钉成的匾，上面写了三个歪歪倒倒的字"蓬莱阁"。我不知蓬莱仙阁是什么样子，所以没有意见。但海上的八仙可能会有不同意见……

关于怎样利用门前空地，中国人有各种各样的想法。其中之一是在角落里拦出个茅坑，攒点粪，种菜园子。小时候我住在机关大院的平房里，邻居一位大师傅就是如此行事。他还用废油毡、废铁板在门前造了一间难以言状的古怪房子，用稻草绳子、朽烂的木片等等给自己拦出片领地来，和不计其数的苍蝇快乐地共同生活。据我所见，招来的几乎全是绿莹莹的苍蝇，黑麻蝇很少来。由此可以推断出，同是苍蝇，黑麻蝇比较爱清洁，层次较高，绿豆蝇比较脏，层次也低些。假如这位师傅在美国这样干，有被拉到街角就地正法的危险。现在我母亲楼下住了另一位师傅，他在门前堆满了拣来的易拉罐和废纸板，准备去卖钱。他还嫌废纸板不压秤，老在上面浇水。然后那些纸板就发出可怕的味道来，和哈喇的臭咸鱼极为相似。这位老大爷在美国会被关进疯人院——因为他一点都不穷，还要攒这些破烂。每天早上，他先去搜索垃圾堆，然后出摊卖早点。我认为，假如你想吃街头的早点，最好先到摊主家里看看……我提起这些事，是想要说明：门前空地虽是你自己的，但在别人的视线之中。你觉得自己是个什么人，就怎么弄好了。

后来，我的意大利邻居终于规划好了一切，开始造他的花坛。

194

那天早上来了很多黑头发的白种男人，在人行道上大讲意大利语。他们从一辆卡车上卸下一大堆混凝土砌块来，打着嘟噜对行人说"sorry"，因为挡了别人走路。说来你也许不信，他们还带来几样测绘仪器，在那里找水平面呢。总共五米见方的地面，还非弄得横平竖直不可。然后，铺上了袋装腐殖土，种了一园子玫瑰花，路过的人总禁不住站下来看，但这是以后的事。花坛刚造好时，是座庄严的四方形建筑。是一本正经建造的，不是胡乱堆的。过往的行人看到，就知道屋主人虽然老了，但也不是苟活在世上。

*载于 1996 年第 9 期《辽宁青年》杂志。

荷兰牧场与父老乡亲

我到荷兰去旅游，看到运河边上有个风车，风车下面有一片牧场，就站下来看，然后被震惊了。这片牧场在一片低洼地里，远低于运河的水面，茵茵的绿草上有些奶牛在吃草。乍看起来不过是一片乡村景象，细看起来就会发现些别的：那些草地的中央隆起，四周环以浅沟。整个地面像瓦楞铁一样略有起伏，下凹的地方和沟渠相接，浅沟通向深沟，深沟又通向渠道。所有的渠道都通到风车那里。这样一来，哪怕天降大雨，牧场上也不会有积水。水都流到沟渠里，等着风车把它抽到运河里去。如果没有这样精巧的排水系统，这地方就不会有牧场，只会有沼泽地。站在运河边上，极目所见，到处是这样井然有序的牧场。这些地当然不是天生这样，它是人悉心营造的结果。假如这种田园出于现代工程技术人员之手，那倒也罢了。实际上，这些运河、风车、牧场，都是十七世纪时荷兰人的作品。我从十七岁就下乡插队，南方北方都插过，从来没见过这样的土地。

我在山东老家插过两年队，什么活都干过。七四年的春夏之交，天还没有亮，我就被一阵哇哇乱叫的有线广播声吵起来了。这种哇哇的声音提醒我们，现在已经是电子时代。然后我紧紧裤腰带，推起独轮车，给地里送粪。独轮车很不容易叫我想起现在是电子时代。俗话说得好，种地不上粪，等于瞎胡混。我们老家的人就认这个理。独轮车的好处在于它可以在各种糟糕的路上走，绕过各种坑和石头；坏处在于它极难操纵，很容易连人带车一起翻掉。我们老家的人在提高推车技巧方面不遗余力，达到了杂技的水平。举例来说，有人可以把车推过门槛，有人可以把它推上台阶。但不管技巧有多高，还是免不了栽跟头，而且总造成鼻青脸肿的后果。现在我想，与其在车技上下苦功，还不如把路修修——我在欧洲游玩时，发现那边的乡间道路极为美好——但这件事就是没人干。不要说田间的路，就是村里的路也很糟，说不清是路还是坑。

我们老家那些地都在山上。下乡时我带了几双布鞋，全是送粪时穿坏的。整双鞋像新的一样，只是后跟豁开了。我的脚脖子经常抽筋，现在做梦梦到推粪上山，还是要抽筋。而且那些粪也不过是美其名为粪，实则是些垫猪圈的土，学大寨时要凑上报数字，常常刚垫上就挖出来，猪还来不及在上面排泄呢……我去起圈时，猪老诧异地看着我。假如它会说话，肯定要问问我：抽什么疯呢？有时我也觉得不好意思，就揍它。被猪看成笨蛋，这是不能忍受的。

坦白地说，我自己绝不可能把一车粪推上山——坡道太陡，空手走都有点喘。实际上山边上有人在接应：小车推到坡道上，就有人用绳子套住，在前面拉，合两人之力，才能把车弄上山去。这省了我的劲儿，但从另一个角度来说就更笨了。这道理是这样的：这一车粪有一百公斤，我和小车加起来，也快有一百公斤了，为了送一百公斤的粪，饶上我这一百公斤已经很笨，现在又来了一个人，这就不止是一百公斤。刨去做无效功不算，有效功不过是送上去一些土，其中肥料的成分本属虚无缥缈……好在这些蠢事猪是看不到的；假如看到的话，不知它会怎么想：土里只要含有微量它老人家的粪尿，人就要不惜劳力送上高山——它会因此变成自大狂，甚至提出应该谁吃谁的问题……

从任何意义上说，送粪这种工作绝不比从低洼地里提水更有价值。这种活计本该交给风能去干，犯不着动用宝贵的人体生物能。我总以为，假如我老家住了些十七世纪的荷兰人，肯定遍山都是缆车、索道——他们就是那样的人：工程师、经济学家、能工巧匠。至于我老家的乡亲，全是些勤劳朴实、缺少心计的人。前一种人的生活比较舒服，这是不容争辩的。

现在可以说说我是种什么人。在老家时，我和乡亲们相比，显得更加勤劳朴实、更加少心计。当年我想的是：我得装出很能吃苦的样子，让村里的贫下中农觉得我是个好人，推荐我去上大学，跳出这个火坑……顺便说一句，我虽有这种卑鄙的想法，但没有得逞。大学还是我自己考上的。既然他们没有推荐我，我就可以说几句坦白的话，不算占了便宜又卖乖。村里的那些活，弄得人一会儿腰疼，一会儿腿疼，尤其是拔麦子，拔得手疼不已，简直和上刑没什么两样——十指连心嘛，干嘛要用它们干这种受罪的事呢？当年我假装很受用，说什么身体在受罪，思想却变好了，全是昧心话。说良心话就是：身体在受罪，思想也更坏了，变得更阴险，更奸诈……当年我在老家插队时，共有两种选择：一种朴实的想法是在村里苦挨下去，将来成为一位可敬的父老乡亲；一种狡猾的想法就是从村里混出去，自己不当父老乡亲，反过来歌颂父老乡亲。这种歌颂虽然动听，但多少有点虚伪……站在荷兰牧场面前，我发现还有第三种选择。对于个人来说，这种选择不存在，但对于一个民族来说，它不仅存在，而且还是正途。

＊载于 1996 年第 12 期《三联生活周刊》杂志。

文化的园地

我在布鲁塞尔等飞机，等"人民快航"。现在的人大概记不得人民快航（People's Express）了，十年前它在美国却是大名鼎鼎，因为它提供最便宜的机票，其国内航班的票比长途车票还要便宜。其国际航班肯定要比搭货船过海便宜——就算你搭得到，在船上也要吃东西，这笔开销也不小——我乘它到了欧洲，还要乘它回去。很遗憾的是，这家航空公司倒掉了。盛夏时节，欧洲到处是蓝色的人流，大家穿着蓝色的牛仔裤，背着蓝色的帆布包，包上搭着一条小凉席，走到哪儿睡到哪儿，横躺竖卧，弄得候车室、候机厅都像停尸房一样。现在的北京街头也能看到这些人：头发晒得褪了色，脸上晒出了一脸的雀斑，额头晒得红彤彤的，手里拿着旅游地图认着路。只是形不成人流。但我是在这个人流里游遍了欧洲。

穷人需要便宜的食宿和交通，学生是穷人中最趾高气扬的一种：虽然穷，但前程远大。当时我就是个学生，所以兴高采烈地研究学生旅游书里那些省钱的法子：从纽约市中心前往肯尼迪国际机场，有直通的机场 bus，但那本书却建议你乘地铁前往昆士区的北端，再坐昆士区的公共汽车南下。这条路线在地图上像希腊字母欧米迦（Ω）。那本书这样解释这个欧米迦：要尽量利用城市的公共交通，这种交通工具在世界上任何地方都是便宜的。书上还教你填饱肚子的诀窍：在纽约，可以走进一家中餐馆，要一碗白饭，用桌上的酱油下饭；在巴黎，你可以前往某教堂门口，那里有舍给穷人喝的粥。在布鲁塞尔，这个诀窍是在下午五点以后前往著名的餐饮城 City2，稍微给一点钱，甚至不给钱，就可以把卖剩下来的薯条都包下来。这种薯条又凉、又面，但还可以填饱肚子。这些招儿我没有用过，就是用了也不觉得害臊：我是学生嘛。

我到布鲁塞尔时，已是初秋。这个季节北欧上空已是一片阴风惨雾，不宜久留，该干啥快去干啥，所以我在机场等飞机。忽然间肠胃轰鸣，那本旅游书上又没有在布鲁塞尔机场找便宜厕所的指导，我只好进了收费厕所。这地方进门要一个美元，合四十比利时法郎，在我印象中，这是全世界的最高价。走进格间，把门一关，门上一则留言深得我心："啊，我的心都碎了……"看来是个愤世嫉俗的美国小伙子留在这儿的。他心碎的原因有二：一是被人宰了一刀，二是把自己的问题估计得严重了。至于我，虽然问题是严重的，必须立即解决，不能带上飞机，但也觉得收一美元实在太多。但仔细一看，不禁冷汗直冒：这行字被人批得落花流水——周围密密麻麻用各种字体写着：没水平——没觉悟——层次太低。这行字层次低，却引起了我的共鸣，我的层次也高不了……

我在布鲁塞尔等飞机，去了一趟收费厕所，不想走进了一个文化的园地。假如我说，我在那里看到了人文精神的讨论，你肯定不相信。但国外也有高层次的问题：种族问题、环境问题、"让世界充满爱"，还有"I have a dream today"，四壁上写得满满的，这使我冷汗直冒，正襟危坐——坐在马桶上。我相信，有人在这里提到了"终极关怀"，但一定是用德文写的。那地方德文的题字不少，我看不懂。大概还有人提到了后现代，但我也看不懂：那一定是用法文写的，我又不懂法文。那里还有些反着写的问号，不知写些什么。中文却没有，大概是因为该园地收费太贵，同胞们不肯进来——我是个例外。我住了一家学生旅馆，提供免费的早餐：面包片和人造黄油，我把黄油涂得比面包片还要厚，所以跑到这里来了。用英文写出的，大多是些虽很重要但比较浅薄的问题。比方说，有位先生写道：保护环境。后面就有人批了一句：既然要保护环境，就不要乱写。再以后，又有一句批语：你也在乱写。我很想给他也批上一句：还有你。但又怕别人再来批我。像这样批下去，整个世界都会被字迹批满，所有的环境都要完蛋。还有不少先生提出，要禁止核武器。当时冷战尚未结束，两个核大国在对峙之中。万一哪天走了火，大家都要完蛋。我当然反对这种局面。我只是怀疑坐在马桶上去反对，到底有没有效力。

布鲁塞尔的那个厕所，又是个世界性的正义论坛。很多留言要求打倒一批独裁者，从原则上说，我都支持。但我不知要打倒些谁：要是用中文来写，这些名字可能能认出个把来，英文则一个都不认识。还有些人要求解放一些国家和地区，我都赞成，但我也不知道这些地方在哪里。除此之外，我还不知道我——一个坐在马桶上的人，此时可以为他们做些什么。这些留言都用了祈使句式，主要是促成做一些事的动机——这当然是好的，但这些事到底是什么、怎样来做、由谁来做，通通没有说明。这就如我们的文化园地，总有人在呼吁着。呼吁很重要，但最好说说到底要干些什么。在那个小隔间里，有句话我最同意，它写在"解放萨尔瓦多"后面：要解放，就回去战斗罢。由此我想到：做成一件事，需要比呼吁更大的勇气和努力。要是你有这些勇气和精力，不妨动手去做。要是没这份勇气和精力，不如闭上嘴，省点唾沫，使厕所的墙壁保持清洁。当然，我还想到了，不管要做什么，都必须首先离开屁股下的马桶圈。这很重要。要是没想到这一点，就会误掉班机。

* 载于 1996 年第 17 期《三联生活周刊》杂志。

拷问社会学

李银河新近完成了一项对妇女的感情与性的研究，报告已发表在《中国社会科学季刊》上，专著正在出版过程中。这项研究没有采用问卷调查、统计分析的方法，而是采用了文化人类学访谈的调查方法——虽然这不是这项研究的唯一特色，但也值得说上一说。

从旁看来，李银河的调查方法缺少神秘色彩——找到一位乐于接受访谈的人，首先要决定的是大家怎么见面：是她去呢，还是人家来。在电话上约定了以后，就可以进行下一步。若是她去，她就提上一个手提包上路，包里放着笔记本和几支圆珠笔，通常是挤公共汽车去——因为要见生人，所以还化了一下妆，这在她是很郑重的举动，但别人恐怕根本看不出来。在京城，打扮最不入时、穿着最随便的女士，大概就是女教授、女博士了。化了妆的女博士还是女博士，不会因此变成公关小姐……就这样，她访问了很多人。这使大家觉得什么博士啦，教授啦，也就是些一般人。

若是人家来，对方就要走进她住的那座宿舍楼，走过满是尘土的楼道。她的家和一般文化人的家一样，堆满了杂乱无章的书籍和纸张。她给客人敬上一杯清茶，就开始访谈。谈完之后，假如到了吃饭时间，就请客人吃顿便饭。一切都和工薪阶层的人士接待朋友时做的一样。她从来没给客人报销过"的票"，客人也没有这样的要求，因为看她的样子就不像能报销"的票"的人。随着研究工作的进行，越来越多的人到过她家里，她并不觉得这有什么不对。有一天，一位调查对象（这位朋友是男性，属另一项调查）很激动地说：李教授，像你这样可不成！不该把陌生人约到家里来。然而她想了一想，觉得没什么不行的，再说，也没有别的地点可约。

除了这种有中国特色的人类学研究方法，还有别的方法可用——比方说，采用分层抽样的方法，展开问卷调查。这必须和某个政府机关合作，还要由一所大学的社会学系来进行。假如研究的目标是一座中等城市，你先在该城市里抽出一定数量的办事处，再在各办事处下抽出一定数量的居委会。再以后，从居民的花名册上抽出个人。有一件事一定不要忽略，就是要根据研究的需要，特别保证某种职业或年龄组的人有一定的数量。用术语来说，研究假设规定的各子样本都要有足够的样本量。调查完毕还要拿一些基本的统计和人口普查的结果对照，看看本次调查有无代表性。做到了这些，抽样就算有了科学性。所有的社会学教科书都写着这套方法，但国外的教科书上没写办事处、居委会、居民花名册，只简单地提到可以利用电话本和教堂的人口记录。还有一些事情，中外所有的社会学书都没有提，那就是怎样去找一大笔研究经费，怎样去求得政府机关的合作，但是成熟的社会学家自会想出办法来，所以调查还是可以进行。一大批调查员（在校大学生）由居委会干部带路，前往各家各户。如果问卷涉及到个人隐私，居委会的干部是绝对必要的。因为被抽中的人可能会拒绝回答。在这种情况之下，血气方刚的大学生会和面有愠色的被调查者吵起架来，后者会提出一个尖锐的问题：你凭什么来问我？我为什么要告诉你？前者答不出，就难免出言不逊。而居委会干部可以及时出场，把后者带到一旁，对他（或她）进行一些教育和说服。然后他（或她）就忍气吞声地回来，回答这些敏感的问题。必须强调指出，这种调查的场面不是笔者的想象，我在社会学研究单位工作过，这些事我是知道的。我总觉得，假如有调查对象不情愿的情形，填出来的问卷就没有了科学性。

根据我的经验，问卷调查有两大难关，其一是如何找钱和得到政府机构的合作，其二是怎样让调查对象回答自己的问题。对一般的社会调查，前一个问题更大；对敏感问题，后一个问题更大。概括地说，前一个问题是：如何得到一个科学的样本。后一个问题是：如何使样本里的人合作。在性这种题目上，后一个问题基本无法克服。举个国外的例子可以说明这一点，美国前不久进行了一次关于性行为的调查，前一个问题解决得极好，国会给社会学家拨了一笔巨款来做这项研究，政府把保密的人口记录（社会保险号码）也对社会学家敞开了，因此他们就能得到极好的样本，可以让其他社会学家羡慕一百年。但以后发生的事就不让人羡慕，那些被抽中的人中，很有一些人对自己进入这个样本并不满意——他们不肯说。如前所述，美国没有居委会干部，警察对这件事也不便插手。所以他们采用了另一个方法：死磨。我抽中了你，你不说，我就不断地找你。最多的一位找了十四次，让你烦得要死。这样做了以后，美国的性社会学家终于可以用盖世太保的口吻得意洋洋地宣布说：大多数人都说了。还有个把没说的，但就是在盖世太保的拷问室里，也会有些真正的硬骨头宁死不说，社会学家不必为此羞愧。真正值得羞愧的是他们的研究报告：统计的结果自相矛盾处甚多。试举一例，美国男性说，自己一月有四五次性行为；女性则说，一月是两三次。多出来的次数怎么解释？——美国男人中肯定没有那么多的同性恋和兽奸者。再举一例，天主教徒中同性恋者少，无神论者中同性恋者多。研究说明，不信教就会当同性恋。我恐怕罗马教皇本人也不敢说这是真的，因为有个解释看起来更像是真的，宗教的威压叫人不敢说实话。最后研究的主持人也羞羞答答地承认，有些受调查人没说实话。必须客观地指出，比之其他社会学家，性社会学家做大规模调查的机会较少，遇到这千载难逢的机会，就有点热情过度，忽略了一件事，那就是：我想告诉你什么，我自会告诉你；我不想告诉你，你就是把我吊起来打，我也不会告诉你实话——何况你还不敢把我吊起来打。

诚然，除了吊打之外，还有别的方法，比方说，盯住了选定的人，走到没人的地方，把他一闷棍打昏，在他身上下个窃听器，这样就能获得他一段时间内性行为的可信情报。除了结果可信，还使用了高科技，这会使追时髦的人满意。但这方法不能用，除了下手过重时打死人不好交待之外，社会学家也必须是守法的公民，不能随便打人闷棍。由此可以得到一种结论：社会学家的研究对象是人，不是实验室里的耗子，对他们必须尊重；一切研究必须在被研究者自愿的基础上进行。从这个意义上说，李银河所用的调查方法很值得赞美。她主要是请别人谈谈自己的故事——当然，她自己也有些问题要问，但都是在对方叙述的空隙时附带式地提上一句。假如某个问题会使对方难堪，她肯定不会问的。这是因为，会使对方不好意思的问题，先会使她自己不好意思。我总觉得她得到的材料会很可信，因为她是在自己的文化里，用一颗平常心来调查。这种研究方式比学院式的装腔作势要有价值——马林诺夫斯基给费孝通的《江村经济》作序时，说过这个意思。

想当年，费孝通在江村做调查。这地方他很熟，差不多就是他的故乡；和乡民交谈很方便，用不着找个翻译；他可以在村里到处转，

208

用不着村长陪着。就这样，差不多是在随意的状态中，他搜集了一些资料，写成了自己的论文。这论文得到马林诺夫斯基非常高的评价。马氏以为，该论文的可贵之处在于它不摆什么学术架子——时隔很多年，中国的学者给这种研究方法起了个学术架子很足的名称，叫作本土社会学。我觉得李银河最近的研究有本土社会学的遗风。与之相对的，大概也不能叫作外国社会学。问卷调查的方法、统计分析的方法，虽然是外国人的发明，但却确实是科学的方法。使用这些方法时，必须有政府的批准和合作，所以可以叫作官方社会学。纵然这是不得已的，借助政府的力量强求老百姓合作总是不好，任何认真的社会学家都会心中有愧。中国社会学家得到的研究结果和上面想要见到的总是那么吻合——这也许纯属偶合，但官样文章读起来实在乏味。在调查个人敏感问题时，官方社会学会遇到困难，在这些困难面前，社会学又有所发展，必须有新的名称来表示这种发展。比方说，美国性社会学家采用的那种苦苦逼问的方法，可以叫作拷问社会学。再比方说，我们讨论过的那种把人打晕，给他装窃听器的方法，又可以叫作刑侦社会学。这样发展下去，社会学就会带上纳粹的气味，它的调查方法，带有希姆莱的味道；它的研究结果，带有戈培尔的味道。我以为这些味道并不好。相比之下，李银河所用的方法虽然土些，倒没有这些坏处。

* 载于 1997 年第 12 期《方法》杂志，题为"谈谈方法问题"。

沉默的大多数

一

君特·格拉斯在《铁皮鼓》里，写了一个不肯长大的人。小奥斯卡发现周围的世界太过荒诞，就暗下决心要永远做小孩子。在冥冥之中，有一种力量成全了他的决心，所以他就成了个侏儒。这个故事太过神奇，但很有意思。人要永远做小孩子虽办不到，但想要保持沉默是能办到的。在我周围，像我这种性格的人特多——在公众场合什么都不说，到了私下里则妙语连珠。换言之，对信得过的人什么都说，对信不过的人什么都不说。起初我以为这是因为经历了严酷的时期（"文革"），后来才发现，这是中国人的通病。龙应台女士就大发感慨，问中国人为什么不说话。她在国外住了很多年，几乎变成了个心直口快的外国人。她把保持沉默看作怯懦，但这是不对的。沉默是一种生活方式，不

210

但是中国人，外国人中也有选择这种生活方式的。

　　我就知道这样一个例子：他是前苏联的大作曲家肖斯塔科维奇。有好长一段时间他写自己的音乐，一声也不吭。后来忽然口授了一厚本回忆录，并在每一页上都签了名，然后他就死掉了。据我所知，回忆录的主要内容，就是谈自己在沉默中的感受。阅读那本书时，我得到了很大的乐趣——当然，当时我在沉默中。把这本书借给一个话语圈子里的朋友去看，他却得不到任何的乐趣，还说这本书格调低下，气氛阴暗。那本书里有一段讲到了前苏联三十年代，有好多人忽然就不见了，所以大家都很害怕，人们之间都不说话；邻里之间起了纷争都不敢吵架，所以有了另一种表达感情的方式，就是往别人烧水的壶里吐痰。顺便说一句，前苏联人盖过一些宿舍式的房子，有公用的卫生间、盥洗室和厨房，这就给吐痰提供了方便。我觉得有趣，是因为像肖斯塔科维奇那样的大音乐家，戴着夹鼻眼镜，留着山羊胡子，吐起痰来一定多有不便。可以想见，他必定要一手抓住眼镜，另一手护住胡子，探着头去吐。假如就这样被人逮到揍上一顿，那就更有趣了。其实肖斯塔科维奇长得什么样，我也不知道。我只是想象他是这个样子，然后就哈哈大笑。我的朋友看了这一段就不笑，他以为这样吐痰动作不美，境界不高，思想也不好。这使我不敢与他争辩——再争辩就要涉入某些话语的范畴，而这些话语，就是阴阳两界的分界线。

看过《铁皮鼓》的人都知道，小奥斯卡后来改变了他的决心，也长大了。我现在已决定了要说话，这样我就不是小奥斯卡，而是大奥斯卡。我现在当然能同意往别人的水壶里吐痰是思想不好，境界不高。不过有些事继续发生在我身边，举个住楼的人都知道的例子：假设有人常把一辆自行车放在你门口的楼道上，挡了你的路，你可以开口去说——打电话给居委会；或者直接找到车主，说道：同志，"五讲四美"，请你注意。此后他会用什么样的语言来回答你，我就不敢保证。我估计他最起码要说你"事儿"，假如你是女的，他还会说你"事儿妈"，不管你有多大岁数，够不够做他妈。当然，你也可以选择沉默的方式来表达自己对这种行为的厌恶之情：把他车胎里的气放掉。干这件事时，当然要注意别被车主看见。还有一种更损的方式，不值得推荐，那就是在车胎上按上个图钉。有人按了图钉再拔下来，这样车主找不到窟窿在哪儿，补胎时更困难。假如车子可以搬动，把它挪到难找的地方去，让车主找不着它，也是一种选择。这方面就说这么多，因为我不想教坏。这些事使我想到了福科先生的话：话语即权力。这话应该倒过来说：权力即话语。就以上面的例子来说，你要给人讲"五讲四美"，最好是戴上个红箍。根据我对事实的了解，红箍还不大够用，最好穿上一身警服。"五讲四美"虽然是些好话，讲的时候最好有实力或者说是身份作为保证。话说到这个地步，可以说说当年和朋友讨论肖斯塔科维奇，他一说到思想、境界等等，我为什么就一声不吭——朋友倒是个很好的朋友，但我怕他挑我的毛病。

一般人从七岁开始走进教室，开始接受话语的熏陶。我觉得自己还要早些，因为从我记事时开始，外面总是装着高音喇叭，没黑没夜地乱嚷嚷。从这些话里我知道了土平炉可以炼钢，这种东西和做饭的灶相仿，装了一台小鼓风机，嗡嗡地响着，好像一窝飞行的屎壳郎。炼出的东西是一团团火红的粘在一起的锅片子，看起来是牛屎的样子。有一位手持钢钎的叔叔说，这就是钢。那一年我只有六岁，以后有好长一段时间，一听到钢铁这个词，我就会想到牛屎。从那些话里我还知道了一亩地可以产三十万斤粮，然后我们就饿得要死。总而言之，从小我对讲出来的话就不大相信，越是声色俱厉，嗓门高亢，我越是不信，这种怀疑态度起源于我饥饿的肚肠。和任何话语相比，饥饿都是更大的真理。除了怀疑话语，我还有一个恶习，就是吃铅笔。上小学时，在课桌后面一坐定就开始吃。那种铅笔一毛三一支，后面有橡皮头。我从后面吃起，先吃掉柔软可口的橡皮，再吃掉柔韧爽口的铁皮，吃到木头笔杆以后，软糟糟的没什么味道，但有一点香料味，诱使我接着吃。终于把整支铅笔吃得只剩了一支铅芯，用橡皮膏缠上接着使。除了铅笔之外，课本、练习本，甚至课桌都可以吃。我说到的这些东西，有些被吃掉了，有些被啃得十分狼籍。这也是一个真理，但没有用话语来表达过：饥饿可以把小孩子变成白蚁。

　　这个世界上有个很大的误会，那就是以为人的种种想法都是由话语教出来的。假设如此，话语就是思维的样板。我说它是个误会，是因为世界还有阴的一面。除此之外，同样的话语也可能教出些很不同的想法。从我懂事的年龄起，就常听人们说：我们这一代，生于一个神圣的时代，多么幸福；而且肩负着解放天下三分之二受苦人的神圣使命，等等。同年龄的人听了都很振奋，很爱听；但我总有点疑问，这么多美事怎么都叫我赶上了。除此之外，我以为这种说法不够含蓄。而含蓄是我们的家教。在三年困难时期，有一天开饭时，每人碗里有一小片腊肉。我弟弟见了以后，按捺不住心中的狂喜，冲上阳台，朝全世界放声高呼：我们家吃大鱼大肉了！结果是被我爸爸拖回来臭揍了一顿。经过这样的教育，我一直比较深沉。所以听到别人说我们多么幸福，多么神圣，别人在受苦，我们没有受等等，心里老在想着：假如我们真遇上了这么多美事，不把它说出来会不会更好。当然，这不是说，我不想履行自己的神圣职责。对于天下三分之二的受苦人，我是这么想的：与其大呼小叫说要去解放他们，让人家苦等，倒不如一声不吭，忽然有一天把他们解放，给他们一个意外惊喜。总而言之，我总是从实际的方面去考虑，而且考虑得很周到。幼年的经历、家教和天性谨慎，是我变得沉默的起因。

二

在我小时候，话语好像是一池冷水，它使我一身一身起鸡皮疙瘩。但不管怎么说罢，人来到世间，仿佛是来游泳的，迟早要跳进去。我可没有想到自己会保持沉默直到四十岁，假如想到了，未必有继续生活的勇气。不管怎么说罢，我听到的话也不总是那么疯，是一阵疯，一阵不疯。所以在十四岁之前，我并没有终身沉默的决心。

小的时候，我们只有听人说话的份儿。当我的同龄人开始说话时，给我一种极恶劣的印象。有位朋友写了一本书，写的是自己在"文革"中的遭遇，书名为《血统》。可以想见，她出身不好。她要我给她的书写个序。这件事使我想起自己在那些年的所见所闻。"文革"开始时，我十四岁，正上初中一年级。有一天，忽然发生了惊人的变化，班上的一部分同学忽然变成了红五类，另一部分则成了黑五类。我自己的情况特殊，还说不清是哪一类。当然，这红和黑的说法并不是我们发明出来的，这个变化也不是由我们发起的。在这方面我们毫无责任。只是我们中间的一些人，该负一点欺负同学的责任。

照我看来，红的同学忽然得到了很大的好处，这是值得祝贺的。黑的同学忽然遇上了很大的不幸，也值得同情。不等我对他们一一表示祝贺和同情，一些红的同学就把脑袋刮光，束上了大皮带，

215

站在校门口，问每一个想进来的人：你什么出身？他们对同班同学问得格外仔细，一听到他们报出不好的出身，就从牙缝里进出三个字："狗崽子！"当然，我能理解他们突然变成了红五类的狂喜，但为此非要使自己的同学在大庭广众下变成狗崽子，未免也太过分。当年我就这么想，现在我也这么想：话语教给我们很多，但善恶还是可以自明。话语想要教给我们，人与人生来就不平等；在人间，尊卑有序是永恒的真理，但你也可以不听。

我上小学六年级时，暑期布置的读书作业是《南方来信》。那是一本记述越南人民抗美救国斗争的读物，其中充满了处决、拷打和虐杀。看完以后，心里充满了怪怪的想法。那时正在青春期的前沿，差一点要变成个性变态了。总而言之，假如对我的那种教育完全成功，换言之，假如那些园丁、人类灵魂的工程师对我的期望得以实现，我就想象不出现在我怎能不嗜杀成性、怎能不残忍，或者说，在我身上，怎么还会保留了一些人性。好在人不光是在书本上学习，还会在沉默中学习。这是我人性尚存的主因。至于话语，它教给我的是：要横扫一切牛鬼蛇神，把"文化革命"进行到底。当时话语正站在人性的反面上。假如完全相信它，就不会有人性。

三

现在我来说明自己为什么人性尚存。"文化革命"刚开始时，我住在一所大学里。有一天，我从校外回来，遇上一大伙人，正在向校门口行进。走在前面的是一伙大学生，彼此争论不休，而且嗓门很大；当然是在用时髦话语争吵，除了毛主席的教导，还经常提到"十六条"。所谓十六条，是中央颁布的展开"文化革命"的十六条规定，其中有一条叫作"要文斗，不要武斗"，制定出来就是供大家违反之用。在那些争论的人之中，有一个人居于中心地位。但他双唇紧闭，一声不吭，唇边似有血迹。在场的大学生有一半在追问他，要他开口说话，另一半则在维护他，不让他说话。"文化革命"里到处都有两派之争，这是个具体的例子。至于队伍的后半部分，是一帮像我这么大的男孩子，一个个也是双唇紧闭，一声不吭，但唇边没有血迹，阴魂不散地跟在后面。有几个大学生想把他们拦住，但是不成功，你把正面拦住，他们就从侧面绕过去，但保持着一声不吭的态度。这件事相当古怪，因为我们院里的孩子相当的厉害，不但敢吵敢骂，而且动起手来，大学生还未必是个儿，那天真是令人意外的老实。我立刻投身其中，问他们出了什么事，怪的是这些孩子都不理我，继续双唇紧闭，两眼发直，显出一种坚忍的态度，继续向前行进——这情形好像他们发了一种集体性的癔症。

有关癔症，我们知道，有一种一声不吭，只顾扬尘舞蹈；另一种喋喋不休，就不大扬尘舞蹈。不管哪一种，心里想的和表现出来的完全不是一回事。我在北方插队时，村里有几个妇女有癔症，其中有一位，假如你信她的说法，她其实是个死去多年的狐狸，成天和丈夫（假定此说成立，这位丈夫就是个兽奸犯）吵吵闹闹，以狐狸的名义要求吃肉。但肉割来以后，她要求把肉煮熟，并以大蒜佐餐。很显然，这不合乎狐狸的饮食习惯。所以，实际上是她，而不是它要吃肉。至于"文化革命"，有几分像场集体性的癔症，大家闹的和心里想的也不是一回事。当然，这要把世界阴的一面考虑在内。只考虑阳的一面，结论就只能是：当年大家胡打乱闹，确实是为了保卫毛主席，保卫党中央。

但是我说的那些大学里的男孩子其实没有犯癔症。后来，我揪住了一个和我很熟的孩子，问出了这件事的始末：原来，在大学生宿舍的盥洗室里，有两个学生在洗脸时相遇，为各自不同的观点争辩起来。争着争着，就打了起来。其中一位受了伤，已被送到医院。另一位没受伤，理所当然地成了打人凶手，就是走在队伍前列的那一位。这一大伙人在理论上是前往某个机构（叫作校革委还是筹委会，我已经不记得了）讲理，实际上是在校园里做无目标的布朗运动。这个故事还有另一个线索：被打伤的学生血肉模糊，有一只耳朵（是左耳还是右耳已经记不得，但我肯定是两者之一）的一部分不见了，在现场也没有找到。根据一种阿加莎·克里斯蒂式的推理，这块耳朵不会在别的地方，只能在打人的学生嘴里，假如他还没把它吃下去的话；因为此君不但脾气暴躁，急了的时候还会咬人，而且咬了不止一次了。我急于交待这件事的要点，忽略了一些细节，比方说，受伤的学生曾经惨叫了一声，别人就闻声而来，使打人者没有机会把耳朵吐出来藏起来，等等。总之，此君现在只有两个选择，或是在大庭广众之中把耳朵吐出来，证明自己的品行恶劣，或者把它吞下去。我听到这些话，马上就加入了尾随的行列，双唇紧闭，牙关紧咬，并且感觉到自己嘴里仿佛含了一块咸咸的东西。

现在我必须承认，我没有看到那件事的结局；因为天晚了，回家太晚会有麻烦。但我的确关心着这件事的进展，几乎失眠。这件事的结局是别人告诉我的：最后，那个咬人的学生把耳朵吐了出来，并且被人逮住了。不知你会怎么看，反正当时我觉得如释重负：不管怎么说，人性尚存。同类不会相食，也不会把别人的一部分吞下去。当然，这件事可能会说明一些别的东西：比方说，咬掉的耳朵块太大，咬人的学生嗓子眼太细，但这些可能性我都不愿意考虑。我说到这件事，是想说明我自己曾在沉默中学到了一点东西。你可以说，这些东西还不够，但这些东西是好的，虽然学到它的方式不值得推广。

我把一个咬人的大学生称为人性的教师，肯定要把一些人气得发狂。但我有自己的道理：一个脾气暴躁、动辄使用牙齿的人，尚且不肯吞下别人的肉体，这一课看起来更有力量。再说，在"文化革命"的那一阶段里，人也不可能学到更好的东西了。

有一段时间常听到年长的人说我们这一代人不好，是"文革"中的红卫兵，品格低劣。考虑到红卫兵也不是孤儿院里的孩子，他们都是学校教育出来的，对于这种低劣品行，学校和家庭教育应该负一定的责任。除此之外，对我们的品行，大家也过虑了。这是因为，世界不光有阳的一面，还有阴的一面。后来我们这些人就去插队。在插队时，同学们之间表现得相当友爱，最起码这是可圈可点的。我的亲身经历就可证明：有一次农忙时期我生了重病，闹得实在熬不过去了，当时没人来管我，只有一个同样在生病的同学，半搀半拖，送我涉过了南宛河，到了医院。那条河虽然不深，但当时足有五公里宽，因为它已经泛滥得连岸都找不着了。假如别人生了病，我也会这样送他。因为有这些表现，我以为我们并不坏，不必青春无悔，留在农村不回来；也不必听从某种暗示而集体自杀，给现在的年轻人空出位子来。而我们的人品的一切可取之处，都该感谢沉默的教诲。

四

有一件事大多数人都知道：我们可以在沉默和话语两种文化

中选择。我个人经历过很多选择的机会，比方说，插队的时候，有些插友就选择了说点什么，到"积代会"上去"讲用"，然后就会有些好处。有些话年轻的朋友不熟悉，我只能简单地解释道：积代会是"活学活用毛主席著作积极分子代表大会"，讲用是指"讲自己活学活用毛主席著作的心得体会"。参加了积代会，就是积极分子。而积极分子是个好意思。另一种机会是当学生时，假如在会上积极发言，再积极参加社会活动，就可能当学生干部，学生干部又是个好意思。这些机会我都自愿地放弃了。选择了说话的朋友可能不相信我是自愿放弃的，他们会认为，我不会说话或者不够档次，不配说话。因为话语即权力，权力又是个好意思，所以的确有不少人挖空心思要打进话语的圈子，甚至在争夺"话语权"。我说我是自愿放弃的，有人会不信——好在还有不少人会相信。主要的原因是进了那个圈子就要说那种话，甚至要以那种话来思索，我觉得不够有意思。据我所知，那个圈子里常常犯着贫乏症。

二十多年前，我在云南当知青。除了穿着比较干净、皮肤比较白皙之外，当地人怎么看待我们，是个很费猜的问题。我觉得，他们以为我们都是台面上的人，必须用台面上的语言和我们交谈——最起码在我们刚去时，他们是这样想的。这当然是一个误会，但并不讨厌。还有个讨厌的误会是：他们以为我们很有钱，在集市上死命地朝我们要高价，以致我们买点东西，总要比当地人多花一两倍的钱。后来我们就用一种独特的方法买东西：不还价，甩下一叠毛票让你慢慢数，同时把货物抱走。等你数清了毛票，连人带货都找不到了。起初我们给的是公道价，后来有人就越给越少，甚至在毛票里杂有些分票。假如我说自己洁身自好，没干过这种事，你一定不相信；所以我决定不争辩。终于有一天，有个学生在这样买东西时被老乡扯住了——但这个人绝不是我。那位老乡决定要说该同学一顿，期期艾艾地憋了好半天，才说出：哇！不行啦！思想啦！斗私批修啦！后来我们回家去，为该老乡的话语笑得打滚。可想而知，在今天，那老乡就会说：哇！不行啦！"五讲"啦！"四美"啦！"三热爱"啦！同样也会使我们笑得要死。从当时的情形和该老乡的情绪来看，他想说的只是一句很简单的话，那一句话的头一个字发音和洗澡的澡有些相似。我举这个例子，绝不是讨了便宜又要卖乖，只是想说明一下话语的贫乏。用它来说话都相当困难，更不要说用它来思想了。话语圈子里的朋友会说，我举了一个很恶劣的例子——我记住这种事，只是为了丑化生活，但我自己觉得不是的。

我在沉默中过了很多年：插队，当工人，当大学生，后来又在大学里任过教。当教师的人保持沉默似不可能，但我教的是技术性的课程，在讲台上只讲技术性的话，下了课我就走人。照我看，不管干什么都可以保持沉默。当然，我还有一个终身爱好，就是写小说。但是写好了不拿去发表，同样也保持了沉默。至于沉默的理由，很是简单，那就是信不过话语圈。从我短短的人生经历来看，它是一座声名狼籍的疯人院。当时我怀疑的不仅是说过亩产三十万斤粮、炸过精神原子弹的那个话语圈，而是一切话语圈子。假如在今天能证明我当时犯了一个以偏概全的错误，我会感到无限的幸福。

五

我说自己多年以来保持了沉默，你可能会不信；这说明你是个过来人。你不信我从未在会议上"表过态"，也没写过批判稿。这种怀疑是对的：因为我既不能证明自己是哑巴，也不能证明自己不会写字，所以这两件事我都是干过的。但是照我的标准，那不叫说话，而是上着一种话语的捐税。我们听说，在过去的年代里，连一些伟大的人物都"讲过一些违心的话"，这说明征税面非常的宽。因为有征话语捐的事，不管我们讲过什么，都可以不必自责：话是上面让说的嘛。但假如一切话语都是征来的捐税，事情就不很妙。拿这些东西可以干什么？它是话，不是钱，既不能用来修水坝，也不能拿来修电站；只能搁在那里臭掉，供后人耻笑。当然，拿征募来的话语干什么，不是我该考虑的事，也许它还有别的用处我没有想到。我要说的是：征收话语捐的事是古而有之。

说话的人往往有种输捐纳税的意识，融化在血液里，落实在口头上。在这方面有个例子，是古典名著《红楼梦》。在那本书里，有两个姑娘在大观园里联句，联着联着，冒出了颂圣的词句。这件事让我都觉得不好意思：两个十几岁的小姑娘，躲在后花园里，半夜三更作几句诗，都忘不了颂圣，这叫什么事？仔细推敲起来，毛病当然出在写书人的身上，是他有这种毛病。这种毛病就是：在使用话语时总想交税的强迫症。

我认为，可以在话语的世界里分出两极。一极是圣贤的话语，这些话是自愿的捐献。另一极是沉默者的话语，这些话是强征来的税金。在这两极之间的话，全都暧昧难明：既是捐献，又是税金。在那些说话的人心里都有一个税吏。中国的读书人有很强的社会责任感，就是交纳税金，做一个好的纳税人——这是难听的说法。好听的说法就是以天下为己任。

我曾经是个沉默的人，这就是说，我不喜欢在各种会议上发言，也不喜欢写稿子。这一点最近已经发生了改变，参加会议时也会发言，有时也写点稿。对这种改变我有种强烈的感受，有如丧失了童贞。这就意味着我违背了多年以来的积习，不再属于沉默的大多数了。我还不致为此感到痛苦，但也有一点轻微的失落感。开口说话并不意味着恢复了交纳税金的责任感，假设我真是这么想，大家就会见到一个最大的废话篓子。我有的是另一种责任感。

几年前，我参加了一些社会学研究，因此接触了一些"弱势群体"，其中最特别的就是同性恋者。做过了这些研究之后，我忽然猛省到：所谓弱势群体，就是有些话没有说出来的人。就是因为这些话没有说出来，所以很多人以为他们不存在或者很遥远。在中国，人们以为同性恋者不存在。在外国，人们知道同性恋者存在，但不知他们是谁。有两位人类学家给同性恋者写了一本书，题目就叫作 *The Word Is Out*。然后我又猛省到自己也属于古往今来最大的一个弱势群体，就是沉默的大多数。这些人保持沉默的原因多种多样，有些人没能力，或者没有机会说话；还有人有些隐情不便说话；还有一些人，因为种种原因，对于话语的世界有某种厌恶之情。我就属于这最后一种。作为最后这种人，也有义务谈谈自己的所见所闻。

六

我现在写的东西大体属于文学的范畴。所谓文学，在我看来就是：先把文章写好看了再说，别的就管他妈的。除了文学，我想不到有什么地方可以接受我这些古怪想法。赖在文学上，可以给自己在圈子中找到一个立脚点。有这样一个立脚点，就可以攻击这个圈子，攻击整个阳的世界。

几年前，我在美国读书。有个洋鬼子这样问我们：你们中国那个阴阳学说，怎么一切好的东西都属阳，一点不给阴剩下？当然，她这样发问，是因为她正是一个五体不全之阴人。但是这话也有些道理。话语权属于阳的一方，它当然不会说阴的一方任何好话。就是夫子也未能免俗，他把妇女和小人攻击了一通。这句话几千年来总被人引用，但我就没听到受攻击一方有任何回应。人们只是小心提防着不要做小人，至于怎样不做妇人，这问题一直没有解决。就是到了现代，女变男的变性手术也是一个难题，而且也不宜推广——这世界上假男人太多，真男人就会找不到老婆。简言之，话语圈里总是在说些不会遇到反驳的话。往好听里说，这叫作自说自话；往难听里说，就让人想起了一个形容缺德行为的顺口溜：打聋子骂哑巴扒绝户坟。仔细考较起来，恐怕聋子、哑巴、绝户都属阴的一类，所以遇到种种不幸也是活该——笔者的国学不够精深，不知这样理解对不对。但我知道一个确定无疑的事实：任何人说话都会有毛病，圣贤说话也有毛病，这种毛病还相当严重。假如一般人犯了这种病，就会被说成精神分裂症。在现实生活里，我们就是这样看待自说自话的人。

如今我也挤进了话语圈子。这只能说明一件事：这个圈子已经分崩离析。基于这种不幸的现实，可以听到各种要求振奋的话语：让我们来重建中国的精神结构，等等。作为从另一个圈子里来的人，我对新圈子里的朋友有个建议：让我们来检查一下自己，看看傻不傻，疯不疯？有各种各样的镜子可供检查自己之用：中国的传统是一面镜子，外国文化是另一面镜子。还有一面更大的镜子，就在我们身边，那就是沉默的大多数。这些议论当然是有感而发的。几年前，我刚刚走出沉默，写了一本书，送给长者看。他不喜欢这本书，认为书不能这样来写。照他看来，写书应该能教育人民，提升人的灵魂。这真是金玉良言。但是在这世界上的一切人之中，我最希望予以提升的一个，就是我自己。这话很卑鄙，很自私，也很诚实。

　　* 载于 1996 年第 4 期《东方》杂志。

图书在版编目（CIP）数据

沉默的大多数／王小波著．－2版．－北京：北京十月文艺出版社，2021.1（2025.10 重印）
ISBN 978-7-5302-2036-8

Ⅰ.①沉… Ⅱ.①王… Ⅲ.①杂文集－中国－当代
Ⅳ.① I267.1

中国版本图书馆 CIP 数据核字（2020）第 029190 号

沉默的大多数
CHENMO DE DADUOSHU
王小波 著

出　　版　北 京 出 版 集 团
　　　　　北京十月文艺出版社
地　　址　北京北三环中路 6 号
邮　　编　100120
网　　址　www.bph.com.cn
发　　行　新经典发行有限公司
　　　　　电话 (010)68423599
经　　销　新华书店
印　　刷　山东京沪印刷科技有限公司
版　　次　2021 年 1 月第 2 版
印　　次　2025 年 10 月第 30 次印刷
开　　本　850 毫米 ×1168 毫米　1/32
印　　张　7.5
字　　数　134 千字
书　　号　ISBN 978-7-5302-2036-8
定　　价　59.00 元
质量监督电话　010-58572393
如有印装质量问题，由本社负责调换